문학과지성 시인선 570

이렇게나 뽀송해

이지아 시집

문학과지성사

문학과지성사에서 펴낸 이지아의 시집

오트 쿠튀르(2020)

문학과지성 시인선 570

이렇게나 뽀송해

펴 낸 날 2022년 5월 26일

지 은 이 이지아
펴 낸 이 이광호
주 간 이근혜
편 집 방원경 김필균 최지인 조은혜
펴 낸 곳 (주)문학과지성사
등록번호 제1993-000098호
주 소 04034 서울 마포구 잔다리로7길 18(서교동 377-20)
전 화 02)338-7224
팩 스 02)323-4180(편집) 02)338-7221(영업)
전자우편 moonji@moonji.com
홈페이지 www.moonji.com

ISBN 978-89-320-4022-6 03810

문학과지성 시인선 570

이렇게나 뽀송해

이지아

시인의 말

◇.

나는 하何오.
이토록, 하何오.
나의 시작詩作은 별반 다르지 않았으나, 나의 끝은 다를 것이오. 생각해보면 나의 탄생은 미지근한 비극 같았으나 뮈토스의 작별로 인해, 나는 비극을 가지고 노는 직업을 얻게 되었소. 그러니 어여, 그런 지점에서 계속…… 뜻하何오.

기억하건대 object G—저 멀리 먼지 없는 사랑에 닿고자 했으나…… 지금은 쓸쓸한 다차원의 공생기 시절이다. 발사와 발아만이 남은 곳. 나의 '추진 로켓'은 투명한 습지에 멈춰 있다.

그러니까 구석의 기지基地에서 바라보고 있다. 질문을 던지고 있는 어떤 사람에게 '어째서 그런 의문인가'라고 다시 묻는 것. 예술은 다른 방식의 글썽임과 호기심을 생기게 하는 것인지도 모르겠다.

마음은 루이 12세의 발레처럼 얇은 발목을 유지했을까.

요즘 내 꿈은—청초한 면봉 하나 들고, 뚜뚜루 새우가 되어서, 아득한 베링해를 건너는 일이다. 상상·불온·리듬·도약을 넘어서, 개구쟁이 만만세를 만나보고 싶다.

다행히 지구는 깨지지 않을 테니.

2022년 봄
이지아

이렇게나 뽀송해

차례

IV 요정은 필요없음

V 또렷이 별걸

해설

사랑하는 두 딸에게

I
단연코배우들의 총생성극

코로스장: 그전에 말씀하신 것보다
더 위험한 일이 닥치는 건 아니겠지요?
프로메테우스: 난 말이지. 단지 인간이 자신에게 다가올
비참함을 예상하지 못하게 만들었을 뿐이네.
— 아이스킬로스, 「결박당한 프로메테우스Prometheus Bound」

반생물을 향한 빵과 칩과 계

척,

기억하지 못할 테지만

우주는 우수에 잠기고 있소

색다르게

우주는 이미지 같으오, 아니 이미지 벌레 같으오
작고 꾸물거리며 탄생하오

척,

구태여 척,

남편은 지금 침실에서 열심이오
아주 오랜만에 그는 웃는 소리를 내오
남편의 눈 코 입을 제외한 모든 것은
이제 인간의 육체가 아니오

큰 수술이 있었소

척,

그리하여 척,

나는 그의 R13이오
"목이 말라, R13 어딨어?"라고 부르면,
나는 무릎을 꿇고 그에게 물컵을 건넨다오

나는 다른 R남자를 집으로 불러들여 서재에 들어갔소
R남자의 목덜미를 잡고 키스를 퍼부었소
내 책들이 우르르 떨어졌소
내 글들이 우르르 절멸했소
나는 옷을 벗었소

그렇지만
남편은 화장실에 가다가 우리를 봤는데도
놀라지 않고 변기통 물을 시원하게 내렸소

척, 다른 방도가 없소
지금 온 여인은 나와는 아주 분위기가 다르오
음, 뭐랄까, 신비롭고 여유롭고 귀엽기까지

아마, 둘은 앞으로 하고 뒤로도 하고
밑으로 하고, 위로 솟구칠 것이오
나도 이젠 놀라지 않으오

척, 뭐라고 말했소?
음, 나는 지금 거실에서 중요한 일을 하는 중이었소
거실 전구를 바꾸기 위해 끙끙대는 중이오
아무도 날 도와주지 않으오

한쪽 손엔 새 전구를, 초록색 빛이 나는 전구를
청포도알처럼 소중히 잡고 있소
깨지면 안 되오

아무리 애써도 닿지 않으오

어찌
세상은 이렇게 어렵기만 하오, 흑 흑 흑

화가 나고 슬퍼서 눈물이 나오
어, 문이 열리오
어, 남편의 새로운 R14가 상기된 얼굴로 나와
내 앞에 있소
나는 어디로 가오?
무슨 말을 하오?

R14는 내게 말했소
"영수증을 드릴까요?"
그녀는 편의점에서 일하다가 남편에게 선택되어 매입되었소
그녀는 남편의 열네번째 새 부인이오
한 가지 말밖에 할 줄 모르오

그렇지만 이 일을 어쩐다……
그녀는 내 어깨에 번쩍 올라가 거실 전구 가는 걸 도와

주었소

이건 기적이오

이건 내가 더 이상 어찌할 도리가 없소

나는 신비롭고 여유롭고 귀엽기까지 한 그녀에게

감사함을 전하고 싶소

"고맙습니다"

"영수증을 드릴까요?"

척, 돌아서서 내가

나가려는데

참 이상하오

마음이,

밖에는 진눈깨비 내리오

충돌은 무엇이길래 인간이든 반인간이든

나풀거리오

우주는 이미지 같으오, 아니 이미지 벌레 같으오
작고 꾸물거리며 탄생하오

그런데 아무렴 신기하게도
이상하면 자신감이 생기오

어쩐지 뭐가 될 것 같소
충분히 차오르오

우주는 우수에 천천히
잠식되고 있소
나는 하나뿐이오
깨지면 안 되오

—그리고 전원 끔

기쁨의 돌잔치

정체한다
잠깐 자고 일어나서
옆집에 사는 나무늘보와 웅장한 머리 하나, 사러 가기
로 했습니다
아울러 업소명 파열은
휘어진 바나나에 대한 혐오와 신고를 뜻하기도 합니다
스컹크 엄마는 돼지고기 염색 중입니다
핫핑크를 좋아한다
새우 사람이든 동물 사용이든
그게 뭐가, 어때서
입속에 들어 있는
내가 꾸려나가고 있는 낮잠 자는 방에서는
걷다가 쓰러지고 걷다가 쓰러져서
꿈나라 별나라에서 협진성 하고 있습니다
앞으로도 좌석은 엎드려
엎드려 그리고 누워도 됩니다
낮잠 자는 방, 의자도 잠을 자고 침대도 잠을 자고
샤워기도 잠이 듭니다, 머리들은 모두 상이합니다
힐이 하수구에 빠질 때, 대신 머리를 넣어보는 요양 보

호사의 눈빛을 기억합니다
위조와 김을 마무리합니다
위트와 레몬을 짭니다
하물며 비장한 태도로 머리를 뺍니다
집단필드지연이란 무엇인가
의식의 드라마에 배경음악을 싸고
갈등을 만들고 결론에서는 음
새겨진 것들, 1년에 한 번 머리를 삽니다
웅장한, 탐구, 기타, 스컹크의 남편은 문명을 비판하는 일을 합니다
자동차 대신 얼룩말을 탑니다
얼룩말 털에 염색을 합니다
형광색 좋아한다
실현,
스컹크의 남편은 이불 껍질 깝니다
동영상을 만듭니다, 존재에 대한 이의 제기로 나무늘보의 엉덩이를 걷어차고
가방에 머리 넣으며
속닥거리지 말고 크게 말하십시오

잇몸 뱉으십시오

아가·사탕·별 i

일주일이 지나고.

나는 소모된 기술의 집에 갇혀 있다. 그들은 떠나고
무언가를 기다리며, 무엇에 닿기 위하여
벌을 받는 느낌이지만
나의 시끄러움이 그들을 괴롭게 한다나. 그러나 제대로 말해본 지 2천 년이나 됐는데, 도무지 부리나케 그 상위 이론의 잡념을 이해하기가 여간 어려운 것이 아니다.

여튼 그 본질의 2천 년들을 애석하게 생각하며, 잠시 서정의 방적 기계들이, 베이글에 식초를 찍어 먹으며 운명이란 걸 찍어대는 걸 관찰하는 아침이다.

이 집은 성장을 촉진하지 않으며, 독일 철학자 나체의 사각팬티 시대정신을 이어받은 법원 앞 빈약한 가로수의 방패질로 만든 종이 박스, 헛발질, 헛기침, 맹장, 편도샘, 배꼽, 생식기.

두 달이 지나고 서서히 시든 적상추의 심정을 알게 되었는데, 정답을 알면 제발 닥치고 조용히 쓰자, 철학자 절단자 엮는 자의 제안적 말귀.

1987년형 복사기 〈타기〉는 소모된 사람의 집 앞에 버려져 있다.
귀중한 주인공처럼
반복되는 삶은 다양한 규칙을 생산했고
예외적인 일은 가치 있는 층위와 영웅을 길러냈다.
타기는 세상을 다 아는 것 같은 사람들의 잠언을
계속 복사해주었다.
계속 뜨겁게
한 치의 오차도 없이.

복도 속을 지나치는 사람들이 타기를 칭찬했다.
잘하네—
잘했어—
타기는 아무 짓도 하지 않아 칭찬이 쌓였고
평가는 외부를 연해지게 했다.

타기는 그날을 잊지 못했다.

타기의 내부 조직은 우두커니, 꼬였다.

누군가는 참견이라고 해,

'타기'라는 이름: 영혼 혹은 숨참을 뜻함.

그래 나는 불안하여 누나가 오지 않을까 봐, 나의 무릎을 촉촉하게 빨면서,

이 좁은 박스 안이 넓어질지도 모른다고 생각하면서, 공격과 충동은 어떤 밑바닥을 가지고 있었는지 두리번대면서, 우렁차게 한번 외치고 싶다. 나의 불만과 나의 불쌍한 불알 두 쪽에게 소유와 용기를 주며 이 글을 작성하는 바이다.

누군가는 참견이라고 해, 아니, 질문을 거둔다.

다정한 도시락을 나눠 먹는 미래에는

그늘로 옮겨

새로운 형식의 처단이 필요한데.

오래전, 단 한 번, 어렸던, 철학자 나체는 종이가 물에 잘 찢어진다는

사실을 증명하기 위해 쓸데없는 이론에 대한 종교적 집착을 설명하기에 이르렀다. 씹던 껌을 연인의 입에 넣으며, 기껏 구름이나 눈송이로 변신하지 못하더라도, 내 마음이 변한 건 아냐. 알지? 적상추는 꿀렁거리며 피어나고 있다. 꿈의 인간, 꿈의 인간, 재잘거리며, 계속 안고 싶어.

대대로 유전되는 것은 질병이 아니다. 병적인 것Krankh-aftigkeit이 유전된다며

역겨운 말을 뱉었는데,

타기는 그만,

인간의 생활을 포기했다.

궁핍과 자유에서

무기력과 체념과 순종의 피아노를 치며, 혹은 망아지를 타고 달리며

똑딱핀을 꽂으며 무한,

그런 꿈을 꾸었다고 한다. 허약한 정신,

쇠약한 것들을 끝까지 사랑하는 것,
이 당연한 말을 나체는 어떤 예시도 없이 정리했다.
어떻게는 다양하게 없고, 그저 잘 보여준다는 것,
제대로 보는 것.
타기의 꼼수였다.

공간 보호.

피부는 하나뿐이다. 찢으면 북 한꺼번에 찢어진다. 그러니까 무릎을 빨면서 세상 모든 뼈의 정체성에 대해 고민해본다. 나는 지금 이 박스의 뼈이며, 수렁이며, 벽이며, 벽을 열면 창문이 있을 텐데, 바람은 멸종될 사람의 유전을 지니고 있지만, 재채기가 나올 때는 결혼식을 백 번 하고 싶어. "아차·사람·별, 아차·사람·별"

정말이지 불이 나면, 불을 잡는다.
배고프고.

나는 이 서사에서 탈출하고자 하였으나, 할 수 없이 그들을 위해 상황극을 연출하여본다.

나의 뜨거운 쉬는 김 나는 프로그램을 선사하며, 보잘것없는 공상을 빛나게 할 수 있다.

그리고 순수여,
그러나 홍수여,
그리고 요염한 연극임.

밥 비슷한 것을 먹고 산다.
정기적으로 며칠, 아니 몇 달, 박스 안에 갇혀
리얼리티 순이익을 계산하며
담당자는 누구지, 적상추다, 페이퍼다, 돌파리 낯짝들, 귀한 것을 싸 먹고 싶은데, 책임자는 누구지.

우리는 조심조심 망치지 않습니다.

누나는 빛나는 트로피를 들고 집으로 뛰어 들어왔다.
어디서 많이 본 물건인데. 엄마는 어디 있나.
누나는 엄마한테 꽃을 주고 왔겠지. 꽃으로 무얼 하나.

쿵쿵 냄새 맡겠지.

새로운 인간관계.

그러나, 우리는 고단해지고
잠이 오고
구석을 찾아
획득, 상실, 보존, 실패, 누나는 이런 독사탕을 먹는 게 취미라고 했다. 창밖에는 저런 게 있어, 꿈과 딜, 꿈과 녹음.

꿀과 달의 물컹거림.
날마다 변천.
그리고
끈적거리는 어른들의 말씀을 듣고
엮는 자 절단자 제안자를 걱정했는데
지하에서
습기 많은 지하에서

다음 주에도 누나는

빛나는 단어를 들고 집으로 뛰어 들어왔다.

취득, 상상, 공존, 실수, 누나는 죽어가는 단어에게 이런 독사탕을 먹이는 게 특기라고 했다.

몸과 몸, 나는 누나를 잡고 싶은데,

누나의 당찬 흥분에 힘이 풀렸고 훌쩍거리기 시작했는데, 누나는 두 발로 기어 다니며, 발견이라는 것을 연출하며. "어떻게"

문제는 누나의 허리이다. 문제 많은 허리, 그 밑의 육체 각도가 심하게 차이 남, 그 허리에 엉기고 싶은 러시아 소설, 관조하며 기다리길 훈계했던 프랑스 소설가의 멍청한 펜 놀이. 지금을 버티고 사고는 적용된다.

트로피, 빛나는 피와 우유,

새로운 복사기가 들어오고

누나는 엄마 대신 침대에 누웠고
누나는 엄마 대신 몽둥이를 들었다.

어서 나와, 어서

누나는 트로피를 닦으며
복사기를 장식장 옆에 세워두고 훈계했다.

어서 나와, 어서

나는 박스에 들어 있다.
타기 걱정이 앞섰다.
타기는 지금 뭐 하나.

오늘 밤을 두들기면
별종들이 터진다.

우유 컵에 그려진 토끼 참 의아한 까꿍, 그리고 폐쇄된 방에서 누나와 나는 각자 따로 자신의 위치를 만들어갔다. 단지, 유괴와 강간, 방치와 자유. 플래시와 빛.

우리는 결코 보지 못하고 끝날 거야. 원숭이 눈알, 포도알과 구슬, 고슴도치 인형과 코끼리 의자, 나는 이런 것들을 밥 비슷한 것이라고 생각한다. 안경점 아저씨와 문방구 아저씨는 우리 집을. "악마·새끼, 위대한 악마·새끼"

설명할 순 없지만

참 난해하게
끈적이는 어른들 속담에
우리의 호기심이 쌓였다.

분노의
반은 탔고, 반은 무르익었다.

비재현 회화의 정당성을 키우기 위한 인육

코발트yuwleq색 입술을 가진 조그만xfghhe 씨는 내가 그린 「야채(ㅍㅍㅁ츄ㅕ)의 혁신」—이라는 작품에 관해 논했다.

그 그림이 땅의 전설을 이어받아 어떤 추상 의지에서 나온 것을 예상하지만 이것은 참외다.

울퉁불퉁한 유머를 얻기 위해 나는 지난 여름밤 두 명의 사내를 시궁창에 묻었다. 참외를 오해한다. 죽인다. 굴곡 많은 변명이란, 이것은 더운 유서다. 동사들의 음악은

마술적일 것. 내 의지는 아무 생각 없이 미래를 묻는다. 흙을 덮는다.

우연성,

재료들,

신비주의의 반짝이를 파괴하고,

나는 코발트색 입술과 조그만 씨를 뭉갠다. 노크나 장화가 필요했다.

색채 인질이 필요했고, 실천에 이르러 기술 공학의 발신과 혹은 정의, 철부지 티끌.

사내의 한쪽 팔을 뜯어, 내 어깨에 붙인다. 팔이 세 개다. 세 번 만진다. 주목하는 제도에게 경배 및 할 일을 준다.

새것은
보송하고 보드랍다. 때가 끼면 윙크하고.
툭 툭
응원 말기를.
가죽을 공부한다 나쁜 계기로.
참외로 땀 놀이, 개그는 여러 신이 짜인 햄, 구우면 좋은 거.

반팔은 팔찌의 예술 의지로
참외를 끓이고 새초롬 보여준다.

아가·사탕·별 ii

가축 동물이 열매처럼 맺혀서 통통해지는 나무가 있다면, 나는
그곳에 빛으로 묻힐 것이다.

계절이 사라지는 시간에
비 없는 날과 개연성
이해가 없는 행동은 딴짓을 한다.
튀김기 안에서
구경해본
보글보글.

순수여,
당황이여,
바삭함,

누나는 피망처럼 굳었다.
나는 밥 비슷한 것이라고 생각한다. 기어가서 기어이 누나의 볼을 만져보고 싶지만.
"아가 일어나, 아가 일어나, 아가"

독일 철학자 나체는 식탐 많은 복사기를 가지고 1년 내내 실험했다. 아가야, 아가야 부르며, 오후 2시에 같은 종류의 스콘과 물을 30분 동안 계속 주었다. 그는 이런 것이 복사기의 합리성을 키워줄 것이라고 생각했다.

〈순수와 논리〉는 어떤 토너인지 연구했다. 시대가 바뀌고, 그러나 복사기는 살인도 하지 않았는데 살인자의 표정을 지니고, 죄수가 아닌데도 과거에 잡혀 있었으며, 슬프지도 않은데 슬퍼지고 있었다.

복사기의 감정을 만진 적도 없는데, 반복과 성장은 비논리적이며 어떤 칭찬을 지닌다는 것을. 아무 원본도 주지 않았다.

내가 내 무릎을 만지고 있는 것은,

사랑을 경험한 흔적이라고 생각한다. 달팽이가 내 무릎을 핥는 것은 지평선을 넘겠다는 것이다. 내가 내 허벅지를 만지는 것은 소화기 근처가 아니라는 것이다. 미동

이 없다. 간지럽다. 배고프다. 싫다. 생명 끝. 누나는 식어 가면서 읊조렸다.

"엄마·사탕 음, 엄마·사탕 음"

천국은 어디지?

그건 침대 파는 가게에 있어.

인간—생—놈

인간—생—놈

돌파리가 날고 똥파리가 깐족거리면, 나는 이번에는 침착하게도

이 세계의 맞춤형이 되는 것이다. 슬슬 쓸쓸 씁쓸하게

멜로디를 삼키는 것이다. 악착같이 살아남아서 살들은 이제 장난 없고 장단 없다.

기술·가정·낙엽은 탔고 해부는 푸르렀다.

비틀비틀 베이비처럼.

1구역과 2구역, 옛날 옛적 배려를 품은 삶
의 과정 고고학의 신비
천재들의 광
기
험난한 강의
연구의 진전
현황
번짐
반듯한 공간처럼.

나는 힘을 주고 박스를 넘어뜨린다.
흫
퇴
간,
누나와 나는
단지 분절된 사실들만을 나열할 뿐이다.

콩
팥

배

엄

마,

우르르 쏟아지지 않는다.

세상의 소중한 것들이 면으로 변신하면 좋겠다.

대형식물유체

독특함 자체는 무질서를 의미하는 것이 아니다.

피와 우유, 외부와 내부, 우리는 지금 순화되면서, 교차하면서, 벽을 치면서, 몰락들에 답하는 것은 바닥이므로, 바닥은 발달장애를 앓고 있다.

발달 거부와 예술, 이론의 싸대기를, 아니다. 충분히 에너지를 창출하는 것이다.

뜨거운 말을 해보고 싶어서,

불이 나면 불을 잡는다.

보고프다.

쓰러진 박스 안에서 질퍽한 홍수 속에서, 생수, 약수, 개수작에 희망을 가져보며, 땡깡 부리며, 박스 위로 올라가,

나는 뱃놀이를 떠나고자 한다.

종류가 다른 거야, 종류라는 것, 그 말은 아프다는데,
보고프다. 두 발이 달렸다는 것, 앞을 보면 앞이 전부라는 것, 우리는 변할 것이고 우리는 잊을 것이다. 탈식욕의, 내 배는 알쏭달쏭 트로피로 노를 저어, 뱃놀이를 가면 된다.

누나는 소모된 기술의 집에 갇혀 있다.

누나는 건조기 앞에
쪼그리고 앉아
건조기 속에서 맨몸으로 돌아가는
죽은 누나를 보며.

“따뜻하겠다”

누나는 더 뜨거운 말을 찾고 있는 듯하다.
"잘하네"
누나는 뜨겁게 굳어서

어떤 구절은 마르고
그러니 귀의 영혼은
젖은 삶을 모두 잊었다.

전달의 뱃놀이·신경의 뱃놀이·질병의 뱃놀이·자극의 뱃놀이·물질과 뱃놀이·망원경과 뱃놀이·모든 단위를 분질러 뱃멀미를,

꽃 같은 허리 위에 올라타
아기나 키우며
배를 탄다.
불룩한
허리가 꺼지길
물컹거림
물커덩거림.

다른 친구들도 여기에 태워주고 싶은데, 초대하고 싶은데, 우리는 너무 조용하게 타령을 부르고, 건너편을 바라보며 움직이다가 몸과 몸, 만지는 것과 보는 것이 그립다. 뱃놀이엔 도구가 필요하고, 한편, 경험 취득, 종이 같은 농담, 희미해지는 인생.

복사기 타기는 변함없이 문밖에 있고

우리는 집 속에 쓰러져 있다.
그래프처럼.

박스가 말했다.
가기 전에 불이나 줘……

박스가 말했다.
아니면 물……

거긴 따뜻하겠지……

삶은 능동적이며

반은 타버리고.

계절이 무르익을 무렵에, 비교해보는 것. 판단해보는 것이다. 부리나케 부르며, 아가, 2천 년이든, 4천 년이든, 5만 년들의 새로운 입막음, 생생한 톱밥들의 신분.

오늘도 끈적한 아기 견디며.

바니네 반바지와 연관된 극시

어떤 거 좋아해?

점박이 사슴벌레는
야외 수영장에서
튜브 타고 놀았다

조금 이상한 취향이긴 하지만 나는 알 수 없는 것들이
떨려
특강이 끝나고
팬클럽이 결성됨
펼쳐주세요

그렇지만
빵과 칼은
악수
하지 않기로

슬픔과비슬픔, 간장과애간장
형제는 기어이 존속되지 않는 곳

바람이 불고 중간에 끊겼다
고맙고 시려서 가디건을 입혀주었다
나의 시리즈에게, 이제 곧 무대를 메우지요
쉿, 화살표로 모이는 장소들

능청꾼, 미음 자, 능구렁이, 히읗 자
담 달엔 지표면에, 무지개 카스텔라를 심어요

1. 집짓기—보기 드물게 홍겨운 사건

등장인물

잣
전기뱀장어
익살꾼aa

언덕 위에서

익살꾼aa는 말없이 집을 짓고 있음

잣은 풀밭에 앉아 책 보고
전기뱀장어는 잣과 마주 앉아
20볼트 전기 주스를 마시고 있다

대화의 순서는 상관없음

뒤로 후진하면서 어떻게 승리하게 되었지?

그건 말이지

첫눈은 조작되었어

왜

뒤로 후진하면서 채찍이 되곤 했지?

그건 말이지

첫눈은 금지야

왜

목이 마르다, 잊을 수 없을 것 같고

첫눈을 마시면 벙어리가 돼

쉿,

집중

진부함

진보적

진주가 되고 싶어

나는 라틴 댄스를 배우다가 포기했어

그렇담 힘줄에게
사과해

당을 갉아 먹는 바니네 친구들

눈동자를 요기조기 돌리는 순발력

나는 팔꿈치에서 태어났어
사과를 좋아하지

살의 명상 같은 것이고, 딱지는 오래 남고
앉으면 긁고 싶은 곳

무형식의 조야함, 무형식의 조급함

인간은 불안할 거야, 이래도 되나 싶어서

익살꾼aa와 한 약속, 지킬 거야?
그날 밤

어떻게 우리가 할 수 있을까?
익살꾼aa는 우리가 약속을 지킬 걸 알고 있어, 그래서 저렇게 움직이고 있잖아

이제 시작해야 하네
뭔가 방법을 찾아봐야 해
자료들,
여러 가지 색깔로 염색된 머리카락들, 이제 아홉 번 남았네
이걸 다 봐야 해, 장바구니, 리무진

계기판 좋아하네
계속 확인할 수 있으니

여러 가지 열매, 이제 언덕을 넘어가고 싶네

잠자는 나무를 어떻게 깨우나
그게 문제라네
잠자는 나무를 어떻게 저 집에 들어가게 하나?

거참, 죽고 싶군
거참, 죽창 날리고 싶군
익살꾼aa는 어떻게 하나, 그래도 말은 해줘야지

이건 마카다미아와 계산하고 남은 것, 우리 종족들이네, 자네가 거기서 편히 전기 주스를 마시는 세상을 위해 목숨 걸고 혁명을 일으켰네

이건 줄넘기를 배우던 손이네, 거추장스럽게 고추장을 막 퍼먹는 손, 명료함을 불러오자

그래, 잠자는 나무가 깨어나지 말았으면 좋겠네
좋네, 잠자는 나무 옆에 우리도 같이 잠을 자는 건 어

떤가?

좋아, 언덕은?

넘어가지 말자

점프하자

고상해

관심 삼켜

캐럴 틀자

응

2. 야외에 버려진 몇 개의 생동감

등장인물

파파야열매와맨발

24시현금지급기

언덕 위,

눈썰매 타기 전에 고백과 다짐

파파야열매와맨발:

자네, 지금 그 지폐가 넘어가나?

24시현금지급기:

왜 그러나, 뭐가 그리 중요한가

파파야열매와맨발:

어젯밤 일을 생각하면 참을 수가 없네

나를 좀 배려해줄 순 없었나?

24시현금지급기:

나는 장난을 좀 치고 싶었네, 싸우고 싶지 않아

파파야열매와맨발:

노숙자 수다쟁이의 손가락질도 꾹 참았네

24시현금지급기:

어쩌면 우리 대신 나설 자가 필요할지도 모른다네, 선각자, 벼랑 위의 조각들, 소금들, 달의 바뀜들, 나도 지쳐서 그런 것이라고 이해 바라네

파파야열매와맨발:

인생에 한 번뿐인 날이네, 시베리아 청포도와인은 기억을 잃었어

24시현금지급기:

그런 정신이 자네를 망치게 한 것일세

그 두려움이

*

파파야열매와맨발:

우리의 우정은 모두 허구였어, 노력했던 주말들은 헛된 실천이며, 실천이란 후회의 방어 기질

24시현금지급기:

미안하네, 사과를 좀 받아주게

파파야열매와맨발:

알콩달콩 죽일지, 촌충에게 화장하는 방법을 보여줄지, 생각 중이네

딸기잼, 복숭아잼, 블루베리잼, 가당찮은 말씀, 달콤한 것들은 잘 변하지 않는다네, 모든 것이 아른, 아른거리네

내가 자네를 얼마나 생각하는지 알고 있지 않나……

24시현금지급기:

좀 불편하네

파파야열매와맨발:

진심인가

24시현금지급기:

거꾸로 했다고 해서 변하진 않아

파파야열매와맨발:

나는 정확히 열아홉 살이네, 그런데 왜 촛불을 아흔한 개나 꽂았나?

24시현금지급기:

아흔한 살이면 왜 안 되는가?

*

파파야열매와맨발:

자네는 그래서 망한 거야, 투자가들에게 현실을 정확히 알려주지 않았어

24시현금지급기:

쉑, 쉑, 틱 현상이 있는 왕파리를 아나?

파파야열매와맨발:

알고 있네

24시현금지급기:

왜 성공한 줄 아나? 뭐든 돌려까기 언어를 써서 그렇다네

파파야열매와맨발:

그런 설명으로 얼렁뚱땅 넘어가려고 하지 말게, 단단히 화가 났네

24시현금지급기:

장난을 치고 싶었고, 자네가 웃는 걸 보고 싶었네

파파야열매와맨발:

그런데 우리 출발하기 전에 누가 오기로 하지 않았나?

24시현금지급기:

그랬어, 그런데 아마 오지 않을 것 같네, 그는 아버지를 마지막으로 돕는다고 했네

*

파파야열매와맨발:

그의 아버지가 누구인가?

24시현금지급기:

언덕에서 평생 집을 짓고 있는 익살꾼aa네, 들어본 적 있나?

파파야열매와맨발:

일곱 살 때 지나가는 담요벌레에게 들었네

24시현금지급기:

담요벌레는 뭔가, 그리고 자네 참, 나이 집착을 벗어나지 못하고 있군

파파야열매와맨발:

담요에 붙어 살다가 담요가 놓아주지 않아서, 담요와 쏙닥거리며 살아가는 벌레일세

24시현금지급기:

그 시절을 그리워하는 걸로 들리네

파파야열매와맨발:

그리움은 인간의 논리네

24시현금지급기:

지겹지 않나?

파파야열매와맨발:

이가 갈리네

24시현금지급기:

그렇다면 이 자연계의 논리들은 어디서 어떻게 맛난 쑥떡을 먹고 있는 건가?

파파야열매와맨발:

자연에서 논리 따윈 없는 것 같네

24시현금지급기:

그럼 무엇이 있나?

*

파파야열매와맨발:

기다림이네

24시현금지급기:

이가 갈리는 일인가?

파파야열매와맨발:

천국을 갈아버리고 싶은 심정이지

24시현금지급기:

그러면 되지 않는가?

파파야열매와맨발:

나는 혼자네, 혼자는 아무것도 못 하네, 혼자들은 그래서 아무 데도 끼지 못한다네, 혼자들은 거꾸로 말하고 틀리게 말하는 걸 좋아하니까, 그거라도 하면서 살아야 하니까

*

24시현금지급기:

생각 없이 살게, 아무것도 없이, 오랜 철학자나 지식인이 밝혀냈던 그 이론들을 들어봤나? 음…… 라쿤이나 프로이털을? 하하하, 그 새끼들은 칠칠맞지 못한 인물들이라네, 꼭 중요한 걸 하나씩 빼먹지, 잃어버리고 난리법석을 떨지, 특히나 레비나수는 달콤한 티라미수를 하루에 백 개씩 먹느라 경제에 대해선 똥기저귀 수준이라네

파파야열매와맨발:

내가 여덟 살 때쯤 들어봤네, 창신동에 버려진 중국 도자기한테서, 중국말로 잔소리를 하더군, 좀 졸렸다네

24시현금지급기:

그냥 가엽게 넘기면 되지

파파야열매와맨발:

자네 말이 맞네

24시현금지급기:

이제, 우리 일을 마무리해야지

파파야열매와맨발:

그렇군

24시현금지급기:

그래서 그 스카이콩콩은 아버지를 돕는다고, 오늘 오지 못하는 건가?

파파야열매와맨발:

그렇다네, 아버지와 아들의 관계를 끊을 순 없지 않은가

24시현금지급기:

내가 이번 일만 성공한다면 세상의 모든 언덕을 사버

리고 말겠네, 더 이상, 이 생명체들이 언덕 위에서 울고 있는 꼴을 못 보겠네, 익살꾼aa는 잠자는 나무를 깨우려고 하루 종일 재치를 풀어놓고 있더군, 너무 가슴이 미어졌어, 더 이상 이런 세상이 돌아가게 할 순 없네

파파야열매와맨발:

그럼 내가 제안하겠네

24시현금지급기:

나도 제안하겠네

*

파파야열매와맨발:

자, 썰매를 타야지, 이제 시작하네

24시현금지급기:

이곳은 생크림 위네, 자네가 그렇게 그리워하던 달콤함, 부드러움, 싱그러움, 축복, 환함이 가득한 지평선을

내려갈걸세, 휙, 하고 우리는 아래로 미끄러질 거야, 각오했나?

파파야열매와맨발:
응, 무엇을 약속할 수 있나?

24시현금지급기:
이제 다시는 자네 나이를 가지고 장난치지 않겠네

파파야열매와맨발:
고맙네

24시현금지급기:
우라지게 홍겹네

3. 옆으로 가줄래?

등장인물

허풍쟁이선풍기
말라깽이선
별표시

이사, 화물 트럭 뒤 칸

신작
출품

봄이고, 지난 봄이다, 어떤 나라는 낮은 물가와 낮은 인구로 밀크셰이크와 전동 드릴에 대한 논쟁도 그치고, 지나간 시절의 고유성에 끌려 세계 곳곳에서 구경꾼들이 몰려오고 있다, 그러니까 많은 조명이 필요

허풍쟁이선풍기:
신혼여행으로
소를 재미로 죽이는 전통을 보고 싶어

말라깽이선:

말싸움으로 서로를 째려보는 침팬지들을 보고 싶어

작가와 작품 세계처럼

별표시:

돌림빵, 돌림노래

돌이 생기지 몸속에서 계속

돌을 낳지

끙

허풍쟁이선풍기:

여름은 싫다

여름은 너무 많은 것을 공개해

협착과 순수

본드와 굳음

말라깽이선:

현실 같은 건 나중에 따져보자고

별표시:

중요함이 지겨워서

고향은 잊었네

어렴풋이 직관은 대체로 틀리는 법이 많을 것

허풍쟁이선풍기:

현기증이 나는 것

난초 밑에서

발을 떠는 사람

소고기를 자르는 사람

입을 벌리는 사람

삼키는 사람

말라깽이선:

우리가 이사 가면 다른 장면이 나타날 것이다

별표시:

내전

사치

풍덩

허풍쟁이선풍기:

애인의 품에서

허우적거리고 싶네

기쁨의 동산에서

발로 차고 주먹을 휘두른다

점프해서 밀기도 한다

다리를 한 번 더 높이 올린다

사랑에 실패한 추억

비참하게 창피를 당한 사연

고장 난 물건을 버리지 못하는 마음

물건을 옮기는 이삿짐센터 인물들

말라깽이선:

활을 쏘았네

활에 박혔네

세 번 정도

별표시:

어디서 갑자기 느닷없이?

말라깽이선:

빠르게

녹색광선

어떤 신호와 힌트네

허풍쟁이선풍기:

기다리면 어지럽지

그것뿐이네

말라깽이선:

당신의 사랑은 불구야

절대 이루어지지 않아

허풍쟁이선풍기:

쉽게 말하는군

별표시:

좋아하는 것을 외면하지 말게

나는 위험한 물건이네

나는 모순을 즐기는 자

나는 문장 쾌락주의자네

허풍쟁이선풍기:

선행

관찰자

사랑하기보다는 기대 중이네

말라깽이선:

귀하의

추리 능력

별표시:

우리는 어디로 가는 건가

위험은 사라지나

허풍쟁이선풍기:

여름이 없는 곳으로

고통이 없는 곳으로

말라깽이선:

이제 편해지네, 나는 더 가늘어지네

4. 진리는 타자 속에서 검게 타버리고

등장인물

공작새

모닝토스트

출근길

버스 정류장

도시와 사람의 기능 세계

도시와 사람의 가능 세계

공작새는 토스트를 굽고 있다
“아무도 우리를 알아보지 못하는군”

토스트는 공작새를 굽고 있다
“아무도 우리를 알아보지 못하는군”

공작새와 토스트는 둘 다 까맣게 타서
기타 치며, 노래 연습을 하고 있다

“제목, 도토리 ♯♭♬♪♩”

싱싱한 숲속에 도토리 떨어졌어
누구 건지 몰라서
돌멩이한테 물었어
청설모에게 물었어
곰에게 물어봤어

싱싱한 숲속에 도토리 떨어졌어

무엇인지 몰라서
구슬에게 물었어
새알에게 물었어
공에게 물어봤어

우리도 모른다네
몰라서 노래한다네
아무 의미 없으면
우리는 가득 살게 되지

도토리 떨어졌지
머리에 맞았지
어깨에 맞았지
콧등에 맞았지

우리 집에 데리고 가지 말자
우리 집은 너무 머니까
우리 집은 복잡하니까 ♯♭♬♪♩

5. 청과물의 아침

등장인물

미치도록예쁜양
킵

우물쭈물 운동장에서
미치도록예쁜양과 킵은 놀고 있다

미치도록예쁜양:
세상일이 내 맘대로 되지 않을 땐 죽은 병사들과 수수께끼 놀이를 했다
병사들은 다치고 아팠던 모습 그대로 내 질문을 기다렸어

불연페인트가 필요한 곳은 어디입니까

*

그곳은 변기통

그곳은 이별통

그곳은 가혹해

벨을 눌러보고 싶은 곳은 어디입니까

원숭이가 버튼을 누르면 바나나가 떨어집니다

원숭이가 잡기 전에 떨어진 바나나를 들고 우리는 존나게 도망칩니다

바나나를 입습니다 정신없이 다리를 처넣습니다 우리는 청과물이 되지요

들키면 병신 되지요

코피 터지게 다리 운동을 해야 합니다

그렇게 아무 데서나 피를 흘린다면 코끝에 생리대를 붙여주겠습니다

가슴 만지고 싶다

*

네 거 만져

충분히 작작

대령을 소개합니다

제대로 된 명령은 어디 모였습니까

훈련은 당일치기고 훈육은 순간입니다

이제부터 싸우고 싶으면 니들이 직접 나가십시오

병사들은 바쁩니다

운동장을 돌아야 합니다

돌면서 운동장을 완성합니다

팔짱 끼지 마십시오

떨립니다 외롭습니다 못 참으면 단감 단감

단감 단감 달고 딱딱합니다 당신의 이름은 그러합니다

킵:

눈이 오고 담장이 녹고 자동차가 녹으면 나는 드러날 것이다

미치도록예쁜양이 없을 때, 어서 끝내야 한다

이것은 실제 상황

부드럽겠지

죽어가겠지

고통도 없이

비밀에 계란을 풀고 파를 넣을 것이다

펄

*

빛나는 펄

을 하루 종일 먹었다

기포처럼

쌀과 보리

이번 개의 이름은 뭘로 하나

이번 개자식의 이름은 뭘로 하나

쓸개집,

케일에게 쓸개집이란 이름을 줬다

이용하지 맙시다 평화와 화병

이니셜을 박았다 네 이마에
구체적 직관과 풍요로움
그건 양이지, 미치도록예쁜양은 매애애애애
현대와 현대 미술, 현실과 관음증, 영웅과 개차반
도저히 봐줄 수가 없네
움직이는 속도는
폴짝, 폴짝쿵
폴짝, 폴짝쿵
꺾고 싶은 모가지가 있다
깁스, 목 깁스

오래도록 〈간신히 겨우〉와 키스하겠네
커튼기린과 애호박
커튼기린과 애호박

머리 왜 그렇게 잘랐어?
머리가 커 보여, 잘됐다, 객관성, 개성
진심, 신이 없는 신들, 스토리 하락

기차와 시차와 너를 버리고 떠나왔던 곳
정성스레 사랑해야지, 식민지를
초래한다
비약한다, 전개하며 계약하기를
대담하게 국극 배우의 몸짓을 팔아보자
담담하게 신파의 발 사이즈를 물어보자

미치도록예쁜양과 킵:
멀리뛰기, 높이뛰기
통깨 5천 개
통깨 만만 개

스티커의 존재론

어제는 네발 달린 의자가 네발 없는 짐승을 위로했던 밤이다. 새로운 발명을 추구했던 겨울 별자리는 자신의 한계를 고백했고, 물풀의 장래 희망은 윗집 하수구에서 살아보는 것이다.

틈만 나면 망원경으로 아버지의 집을 엿보았다. 흠흠, 아버지는 버릇없는 아이들을 훈계했고 아버지의 여자를 안아줬다.

이따금 붐비는 산악회에 참석해 겨울나무들의 고집을 만져보고 싶었지.

새벽마다 아버지의 집에 쪽지를 넣어준다. '좋은 아침입니다. 흰 우유 5백 밀리리터'라고 썼다. 눈이 많이 오거나 비가 오는 날이면 '좋지 않은 아침입니다. 하지만 당신은 계속 지릴 겁니다'라고 썼다. 이런 모든 쪽지를 던지며 아버지는 버릇없는 아이들과 아버지의 여자에게 이 범인을 잡아 오지 않는다면 모두 조져버리겠다고 어항과 화병을 깼다.

쉿, 떠는 사람은 누구인가.

네발 달린 의자가 나를 태우고 우둔살 홍두깨 되어 다른 마을로 날아갈 것을 믿고 있다. 평생 동안 기른 머리를 같은 길이로 잘랐다. 누구보다 둥지를 잘 만든다. 둥지의 천재이며, 목초지, 데이지, 단무지, 홍, 무법자의 사장님이다. 아버지는 오른뺨에 회색 점이 있다. 잠을 잘 때면 그 회색 점이 행성처럼 흔들린다. 그 외에 다른 영역이 존재하지만, 꿈에서 비닐을 잘라 그 점과 영원한 키스를 약속했다. 네발 달린 의자가 나를 태우고 아버지에게 간 것을 기억하고 있다.

아버지는 내 머리에 누룽지를 얹었다. 유기농 쌀로 만든 것이다. 그리고 엘리베이터에 나를 던졌다. 네발 달린 나의 의자를 가져갔다. 네발 달린 나의 사랑은 이제 나에게 오지 못한다.

나의 사랑을 찾기 위해 바퀴를 조립한다. 엎드렸다. 네

군데에 테니스공을 붙였다. 그리고 잘 돌아가게 하기 위해 테니스공과 나사를 조립해 360도 회전이 가능하도록 작업했다.

아버지는 드디어 내 쪽지에 답장을 주셨다. 귀하는 접근 금지, 기한은 3년입니다. 3년이면 머리가 더 자랄 수 있고 둥지를 더 늘릴 수 있다.

아버지는 한 번도 나를 반기지 않았다. 나는 아버지의 태도가 옳다고 생각. 그 사건이 있었을 때도 아버지의 식구들은 티브이 앞에 스티커처럼 붙어 있었다. 현실의 화면을 나누고 있었다. 그러니까 무게의 전체 값은 같지만, 나머지 용기는 화형에 처한다. 석유를 마시고, 아버지가 옳다면, 나는 자동차처럼 엎드려 도로를 달릴 것이다. 나는 스위스연방공과대학에 입학했다. 딱딱함 그 자체, 기계공학도의 공허함, 생을 마칠 것을 약속했지만 나는 추리소설가가 되었고

아버지는 반전이 없다. 나는 테니스공으로 만든 바퀴

를 달고 가고 있다. 친구는 끈기. 우리는 합체. 청둥오리들이 물 위를 지나간다. 필승, 필승. 이것은 유기농 헤엄. 내 몸은 3부 4부에서 족발로 삶아질 가능성이 있으며, 편찬위원과 루핑. 램핑. 해프닝, 두드러기, 티브이에서 본 조은애는 폭력을 가한 남자를 고발하고 이겼으며, 오디오를 들고 시집갔지만, 학교는 중간에 그만뒀다. 통귀리를 찾는 식구들과 티브이 스티커들이 줄거리를 원했기 때문이다.

아직 나는 10년 된 선크림보다 따갑지 않다. 나는 그림도 찢을 수 있지만, 파괴는 떫은 감. 감잎차를 끓이면 떫은 발음은 사라진다. 계급의 구도는 굴소스로 표현할 수 있다. 메인 소스는 마요네즈. 두 가지를 섞으면 하수구가 된다. 네발 달린 의자가 두 발 달린 짐승을 위로하는 밤이다. 나사를 다시 박았다. 가슴이 찌릿거리는 것은 할 말이 남았다는 뜻이다.

가슴에서 진물이 나오면 줄줄줄 폭포가 생기고 거기서 뛰어다니는 물고기와 신발을 받아들일 것이다. 고자질.

현재의 시간을 다루면서 루마니아 우루과이 면적들을 생각했다.

세월은 아버지의 어금니에 덫을 놓고 입을 열 때마다 고무줄을 잡아당겼다.

삐용! 여기서 떠든 사람은 누구인가.

나체, 나체들은 붙어 있길 원하고, 불빛은 신호다. 불빛은 신의 말씀. 그것이 없는 곳으로 향한다.

입체성

혹여 피부가 좋은 대머리 얼굴 몇 개가 그리워서, 책상 위에 모과를 올려둔다

눈

언젠가 대신 보여줄 게 있다면서 새가 깊은 하늘을 찌르고 있다 호수가 살아 있는 걸 봐야 하니까 신경질의 비슷한 말은 별과 땀띠들의 애처로운 시도처럼

눈

열기구는 다정하게 끄적거릴 펜을 주었다가 가져간다 그런데 엄마, 눈을 감으면 어떻게 되는 거지, 눈을 감으면 눈사람이 되지, 하얀 물고기를 바닥에 쏟으면 어항을 더 듬는 자가 되어버리고

가득히 눈

그리고 알코올

앵두와 몽롱과 비탈

기어이 시 대신 앵두 같은 것을 만들기 위해서 나는 오랫동안 비열했고 피했고 응했다

기꺼이 신 대신 분비물 같은 것을 만들기 위해서 베란다에 만약이라는 화분을 키우며

줄기차게
세차게

소나기는 내 어깨를 자른다

기계처럼 책을 읽는다

어떤 나라 국어는 새로운 유산소와 날아가고
미생물이 생존하는 데 그 흐름을 작성한 것이다

끝과 호흡의 기록
생활을 이어가는 기척
불 꺼진 실내를 그어대면서

부품처럼 책을 읽는다
그 이상 상관하지 않으려고

격려는 연습이 필요해요
무기력과 제기차기를 한다
절단, 이내, 둥절, 땀, 정성 밖의 기와들

호두를 건네는 방식은 적합하고
오래된 사지를 기다린다

처마 끝 물혹들과 우아한 박치기를 하면서

Punk

대체로 숲속 전나무를 모방하여 만든 성탄절 모형 상품은, 봉건사회 군주들의 질긴 머리를 잘라 화려하게 장식한 것으로 역설은 자신에게 유리한 방식으로 피리를 불고 비극의 형벌을 각색하기도 하였고 그것은 자연과 현실을 배반하는 것처럼 보일지라도

단단한 심장박동기, 눈을 감아, 안 되니까
거기서 줄게요
요컨대 주사기가 반응해, 몸을 가볍게 물어, 살아 있는 내장을 찾다가 구석에서 코일을 주웠습니다

당신 혀에 전기를 꽂으면 바삭하고 슬픈 음악이 흘러, 질문도 참 없이, 깜박 깜박 깜박 "지금이 아닌 곳에서" 많이 먹어도 찌지 않는다, 열대어는 작은 전구를 본다

작은 전구는 커다란 밤을 만들어, 나흘에 한 번씩 새 피로 갈아서, 중랑천 주변을 굴러다니며, 흙 묻은 소국이 찢어지고 기쁨이 형식을 끝낼 것이다

새로운 식량과 파트너

어제는 유분 에센스에 취해 혼미했고, 정신을 깨보니 손바닥에 무씨 몇 개가 남아 있었다. 무언가에 이끌려 다녔던 게 분명하다. 큐빅이 박힌 피어싱을 코에 박았다.

하나가 일반적이지만 콧구멍 두 개에 다 박았다. 넌더리 난 차를 버리고 새로운 차를 샀다. 운전수 포함. 우리는 어딘가로 가고 있다. 세트장은 현실의 한계점이고, 스태프들의 준비는 일회용 가공식품일 뿐. 내 앞에 사람이 있다. 장딴지에 알이 박힌 사내다. 우리는 5년 전에 만난 적이 있다. 그가 입을 열었다.

저는 사사감독입니다.
우리는 여기로 다시 돌아올 수 없습니다.

나는 입을 열지 않았다. 그리고 속으로 지뢰! 하고 답했다. '지뢰'는 위험하지 맙시다!의 약칭.

우리들의 픽션에는 진정성이 있다. 나는 5년 전 사사감독의 꿈에 갔었다. 사사감독의 꿈속에 등장하는 인물들은 모두 나체였다. 모두 뒤엉켜 있었다. 사사감독은 그의 꿈속에서 젓가락으로 등장했다. 젓가락은 식탁 위의 세계를 지휘했다. 젓가락은 고기를 집거나 두부를 집거나 김을 집었지만, 어떡하나, 탱글탱글한 냉우동을 잘 집지 못했다.

젓가락은 자신의 일을 끝내고 약물을 탄 수영장에 빠지고 싶었다. 금발 은발 주황발 머리들은 뒤엉켜 혀를 섞고 있었고, 나는 사사감독, 아니 젓가락이 주인공인 그의 꿈에서 할 일이 없어, 야자수에게 입힐 옷을 뜨개질했다. 젓가락은 드디어 갈색 여자를 꼬셔서 잠자리에 성공했고, 뜨거운 것을 기대했건만 그 둘은 진짜 잠만 잤다. 젓가락은 잠자다가 옥수수를 들고 전화 놀이를 했고 잠버릇은 유아적. 사랑도 피곤 앞에서는 곤란, 심란, 난초에 빼빼로가 돋아날 만큼 어려운 일이기도 하다. 여튼, 나도 인사를 했다.

네, 저는 제로미로간파입니다.
새로운 일에 도입되었습니다.

지뢰. 내가 나한테 욕했다. 지뢰는 잊고 창밖을 보자. 밖에는 아무것도 없었다. 아무것도 없다는 건 얼마나 평화로운 일인가. 사사감독의 무릎에는 스크린이 붙어 있다. 까만 점을 누르자 스크린이 튀어나왔다. 사사감독은 엄중하게 말했다. 지시는 제가 할게요. 장엄하게 대답했다. 명령은 제가 할게요. 우리는 팽팽했다. 사사감독이 말했다. 한계를 벗어나자는 겁니다. 나도 대답했다. 한 개로는 부족합니다. 아, 말장난하지 맙시다. 그럼 질문하겠습니다. 여기는 누구의 꿈입니까?

빨대입니다.
희망은 로켓이 되는 것입니다.
그러다 변환기를 거쳐
빨대의 꿈은 살로살로대 뱀으로……
음흉한 삶을 원했지요.
우리는 지금 뱀 내부에 있습니다.

어리둥절하네요.

좋죠?

죽입니다.

완전 좋죠?

주차는 필요 없습니다.

살로살로대 뱀이 죽으면 피 색깔이 어떠합니까.

혹 검정입니까.

이것은 무슨 궁금증 이유식인가. 사사감독은 영화를 찍고 싶다고 했다. 본능에 충실하고, 살아 있는 걸 그대로 보고 싶다고. 남의 꿈을 촬영하고 개입하고 편집하고 번식시키고 싶다고 했다. 감각에는 질렸다고. 성격 분명한 배우에게 커미션을 지불하지 않고 토끼다가 사사감독은 전염병을 얻었다.

사사감독은 카메라감독과 분장사들에게 지불하는 돈도 아깝다고 했다. 사사감독은 짠돌이, 식성은 매콤하고, 즉흥적인 것을 좋아하며, 새로운 일에 거침이 없다. 후회할 거라고 경고했지만, 내가 맘에 쏙 드는 파트너라고 했다. 지뢰, 질퍽이는 팥빙수.

저는 전문적인 배우는 아니에요. 괜찮습니까? 전문적이지 않다는 말이 좋다고 했다. 또라이 지뢰. 어쨌든 우리 소개는 이쯤으로 한다. 우리가 앞으로 헤쳐나갈 어마어마한 세상을 응원한다면, 주먹을 들어라. 사사감독은 나에게 의리를 증명한다며 혀를 깨물었다. 잘린 혀는 고무 같았다. 잘린 혀가 부담스러워 눈썹을 찡긋했다. 잘린 혀는 짚신벌레처럼 꼬물거렸다. 하지만 걱정할 일은 아니다. 혀는 다시 재생.

어떤 생각이 끓고 어떤 생각이 인물을 장악하는 그런 꿈을 꾸기 위해 던이데아 총을 들고 다녔다. 자꾸 넘어졌으며, 목표는 겁도 없이, 우체통이 투덜댄다. 다들 말이 많아, 우리는 전해주기 위해, 지고지순한 지구를 떠난다.

II
고리모양에테르

열대우림기후: 절대로 어떤 일이 있어도
헤어지지 않는다고 하지 않았어?
z: 목요일에 망고주스 마시고 잊었어
—Jia

야구

예열 없이 좋았다

“당신의 뱃속엔 눈이 내리고 러시아 성들이 가득하네, 거센 산맥을 견디며”

다른 몸과 x 포개져 있다
다른 몸과 상영관을 어지럽히며

악역의 매력을 훔쳐보고자 하였으나 공포와 스릴러는 배경음악 없는 곳에서 힘들었는데

아연을 만지며
그렇게 쓰고 우물거리는 거라면 두 번에 나눠 삼키고 싶다

휘핑크림은 구름을 생산하고
우산과 지하의
우발적인 살인은
가야 도자기보다

골반이 물에게 여쭤보았다 다리 없는 고양이에게 찌그러진 페트병을 던지거나 귀먹은 어머니에게 괴성을 지른다

사는 건 아무 손잡이나 잡는 일
눈꺼풀 처진 모나카를 외운다

배드민턴 공이 떨어진 나무

빵을 먹고 음악을 듣는다 뜨거운 팬에 계란프라이를 하지 못하지 나는 빵을 먹고 음악을 듣는다 주변에 아무도 없어 나는 빵을 먹고 음악을 듣는다 목요일엔 지각을 했다 고양이는 표시했다 여러 군데에 나는 빵을 먹고 음악을 듣는다 나누거나 합쳐진다 사람들은 비슷하다 빵을 먹고 음악을 듣는다 하고 싶은 게 있어서 억세지고 굵어진다 그들은 빵을 먹고 음악을 듣는다

연합 인간

날짜, 연도, 시세, 개뼈다귀 이런 걸 따지는 것도 관성이다. 이뿐인가. 공간, 인성, 사시를 찾는 건 어떠한가. 이런 걸 따지는 건 옳다. 나는 지금 장면을 잃어버린 삶, 털을 다 밀어버린 사자 인형, 시대를 주저하는 개수대 앞에 있다.

부드러운 비누도 아니며, 시원한 냉소도 아니다. 냉수마찰을 좋아하던 총명과 청포의 일생을 기억하고 있다.

목적은 분명하지만 밝히기엔 아직 이르다. 생선탕이 끓고 있다. 눈알 빠진 생선 머리를 깊숙이 숨긴다. 겨울바람의 운명은 평생 제 눈알을 찾으러 돌아다니는 것이다. 창문이 깨질 것 같다. 사사감독은 열이 나고 얼굴이 붓고 가래를 뱉고 담배 피운다. 감독은 두 눈을 잃어가고 있다. 그러니 그는 내게 혀를 깨물어 이번 작업에 대한 자신의 의지를 보여주기에 충분했다. 나는 그의 혀를 생선탕에 넣었다. "미소는 무지개" 누구나 절실한 것 앞에서는 증명해 보이고 싶으니까.

*

독기를 넘어서고 싶다. 증오스럽고 화나고 투쟁하는 그 모든 것, 도시의 우울과 혁명의 참혹함을 넘어, 잘린 수박을 다시 붙여볼 때 틈 없이 잘 붙을 수 있는 붉은 수박의 운명 따위를 찾고 있다. 또한 농촌의 우울과 여명의 우스꽝스러움을 넘어, 잘린 수박을 다시 붙여볼 때, 틈 없이 붙어 있던 초파리알, 순식간에 알을 까고 나온 초파리들이 번영을 일으킬 때, 이것 또한 문명이라고 생각했다. 나는 뒷다리 굵은 생물학자. 나는 가끔 타인들의 꿈에서 알을 깐다.

숨 쉴까?
아침 요리는
〈드링킹 아침 마침 풍수지리〉이시다.

사사감독은 촬영 준비 중. 그는 어깨에 스크린을 달았다. 자유롭게 두 손을 쓸 수 있다. 두 발도 쓸 수 있다. 그는 노래를 불렀다. 나는 내가 만든 요리를 앞에 놓으며 말했다. 쓸 만한 곡식이 없어서 살로살로대 뱀의 표피를 잘라 빻았다. 여전히 가솔린 향이 났다.

아침 먹을 생각이 없다고 했다. 내가 다 먹었다. 사사감독은 잘 생각이 없다고 했다. 내가 다 잤다. 사사감독은 계속 스크린을 닦고 있었다.

할 말이 떨어져서 쌀을 사야겠다고 생각했지만, 이 장소에서 쌀을 팔 농부는 누구인가. 살로살로대 뱀이 잡아먹은 휴먼 새를 관찰했다. 휴먼 새는 죽었고 점액질로 덮여 있었고 털이 없었다. 털이 없는 휴먼 새는 인간들을 사랑했다. 인간들을 위해 밤마다 인간들에게 이름을 지어주었다. 휴먼 새는 휴먼 나무와 같이 살았다. 휴먼 나무는 바람이 불 때마다

*

이파리 털었다.

이파리 무거웠다.

이파리 지시받으며

상을 받으며
존재하는 것들을 연민했다.
휴먼 새는 휴먼 나무를 위해 죽음을 대신한다.
나는 특별한 재능을 가지고 있다. 생물의 제외된 얼굴을 바꿀 수 있다.
특별 식당 특별 병원 특별 도구
휴먼 새의 얼굴을 고쳤다.
휴먼 새의 얼굴을 문질러
이파리로 만들었다.
아름다웠음.
그 과정은 마치 현대 무용 같았음.

*

사사감독은 잠자코 촬영했다.
우리는 실내에서 가까워졌다.
나는 여기서 행을 나눌 것이다.

사사감독과 시점에 대해 얘기했다.

시점은

몰래카메라.

모든 것이 끼어들어도 된다.

가령, 정치학과 사회학.

사과와 참외의 관계는 사회학이고

과일과 과잉은 정치학이라고 하자.

사사감독은 그런데 개인적인 질문은 나에게 하지 않았다.

개인적인 관점과 태도는 조심할 것.

해결 방법만 필요한 것.

개별적인 평가는 어진 것.

*

건배를 하자고 했다.

휴먼 새를 수술하면서 얻은 피를 마셨다.

비처럼 투명하고 비냄새가 났다. 비를 못 본 지

오래됨.

고장 났다.

안 고장 났다.

수리 불가. 23세기는 첨단 기술과 첨예의 정신을 이루었으나 자연의 감성을 기억하지 못했다. 나는 무씨를 매일 먹었다. 경험은 겹치고 명기되며, 사사감독은 종이에 뭔가를 씀.

ㅐㅐ

비스킷과 크래커, 비스킷과 크래커, 비스킷과 크래커, 바스켓과 크레인, 바스켓과 크레인, 사투리와 카투사, 사투리와 카본사

말더듬이

더듬이 곤충들,
불안은 검은 머리띠를 꽂았다

따갑다와 딱총, 따갑다와 딱총, 따갑다와 딱총, 너희의 웃음, 너희의 비웃음, 모두 너희의 것

새로운 오오에 관조를
살로살로대 뱀에게 관심을

우리는 성격 있지, 얼굴 통째로 돌려, 존엄과 존스, 존엄과 존스, 존엄과 존스
술자리에서 수첩을 펴고
주류, 주류 직원들은 피똥 없이

모두 해산, 모두 해산

분절된 통증

그러니까 때때로 나는 겨우 남아 مسوّدة

: 그 때문에 「ㅐ ㅐ」의 후속 작품들이 추구하는 반어적 명확성은 이데아를 그리는 데 실패했으나, 자기애와 억압이 팝콘처럼 일어나고 복합적으로 구성됨으로써 최종 결과물에 반영됐다

커다란 집을 굴려 언덕을 넘어가는 사람의 촉매반응

실물 공개
개인이 개인을 직접 예상하는 것은 금지
해가 언덕을 굴리네

나의 미래는 모르는 동네 길거리 뛰다가 한꺼번에 마신 초록색 페리에, 어쩔 때는 트림이 연속적으로 터져 나오는 것…… 줄곧 그랬다, 나의 콜

사람이 몸을 이용해서 집을 끌고 간다 각진 공간이 동작에 따라 모양이 바뀐다 창문이 부서지고 지붕이 날아가네

사람이 맘을 이용해서 집을 끌고 간다 각진 공간을 깎아내면서 참아내면서 사람의 체형이 바뀐다 관절이 나가고 머리가 날아가네

모서리들과 사라진 사람과 집이 탄력을 얻고 중력을 버리네 언덕에서 공기가 집을 굴리네 언덕이 죽은 언덕을 굴리네 손쉽게 치우네 아래에서 다른 구성원들이 연결 연결 연결하네

에너지를 낮추네

한때 거위였던 자전거

기계처럼 책을 읽는다.

무슨 일을 하고 있는지도 모르면서.

경이로운 눈빛을 외면하면서.

소문을 내고 흉을 보다가 지난주엔 안개가 끝없이 거위가 되는 광경을 보고 있었다. 행렬이 지나가길 기다리면서.

하얀 공을 힘껏 던지며 누군가를 증오하던 마음을 꿈속에 두고, 치과에서 깨어나는 일들은 오묘하지 않다. 미안, 몰랐어. 눈을 감고 모두가 잠든 한밤에

어머니는 김 나는 가습기를 안고 있다.

가습기 연기를 어루만지다가 내 새끼. 세상에 내 새끼. 작은 소리로 달래듯, 그러다가 그르렁대는 냉장고를 업으려 했다. 마치 식욕들의 하인처럼 떨면서.

나는 척추를 세우는 사람처럼 성급하게 말한다. 그러

지 마, 제발, 사람답게 살고 싶으면, 얼른, 내려놔.

한때 여름이었던 열기들이 식고, 편을 나눈 운동장에서 하얀 공을 힘껏 던지며 누군가 제대로 코피가 터지고.

코가 부러지길 그러면서 경기가 끝나길 바랐는데 20세기는 울퉁불퉁한 덧니를 뽑고 철사를 둘둘 조이며.

지금까지 일어나지 않은 일은 앞으로도 없을 일. 하나도 가지고 싶지 않아서 읽는다. 책이 나를 넘긴다.

모호한 재규어

너를 유혹하는 표면이 되고 싶어 중얼거리며 애인은 잠이 들었습니다

죽은 듯이 잠들어서 나무를 통과하는 애인은 하얀 침대와 피부를 나눈 후로

비가 내린다 안을 봐요 저기, 마트에서 사 온 통조림과 주스와 마른 수건이 있군요, 나는 분명 비로 잠겨가는데 불빛이 병사들처럼 바깥을 흔들고 있어요

맹수는 다그치는 것들과 공격하는 것들과 아무것도 아닌 모든 것을 멀리 바라보면서 부르는 방식과 듣는 방식으로 어디를 봐야 하나, 일관된 시선을 생각해요

세상의 모든 이름은 이야기의 여름을 줄인 말이에요 부르면 뜨거워집니다

가령, 서쪽 달, 코끼리 열차, 엉터리 캐럴, 뱅쇼, 산책과 널브러진 책, 쨍, 둑이 무너지고

사나운 표정은 사납다고 해요 나무를 통과하는 애인은 다른 애인과 몸을 나누면서 이불은 한꺼번에 일어나는 일처럼

동시에 이루어지는 발목과 마트에서 사 온 반지와 물렁한 나뭇가지가 창밖에서 녹고 있어요

영, 의, 탄생석

밤마다 울고 있는 신발들이 있다.

새로운 만남 그 이후에, 금빛 성에 살고 있는 지배자는 개방적이며 이성적인 가치를 적용해보고자 하루 종일 점프 점프를 하고 있거나, 공중에 닿는 몇 초의 시간을 모아서라도 더 많은 공간을 필요로 했으며 다양한 고민에 빠지게 된다.

이 세상의 절대성이 사라진 지는 오래되었지만 지배자를 찾는 이들이 계속 탄생하고 있다.

첫번째 신발이 성문을 두드린다.
너는 누구냐.
'맹렬히차츰로미오와'입니다.

두번째 신발이 두드린다.
너는 누구냐.
'크림달빛의후예'입니다.

세번째 신발이 두드린다.
너는 누구냐.
'증오의속삭임과호흡곤란'입니다.

네번째 신발이 두드린다.
너는 누구냐.
'지켜내고싶은마음의우두커니'입니다.

지배자는 아무리 오랜 시간이 걸려도 신발들의 이름을 들어주었다.

하지만 신발들은 발목의 크기와 특징과 은총에 대해 이야기를 전하면서도 발목과 얼굴은 참 반대로 연결되어 있다며, 자신들의 꿈을 하나씩 표현하기 시작했다.

가령, 저는 날아가는 유람선이 되거나

가장 의미 있는 신발로 박물관에 남고 싶습니다.

가수의 노래를 뛰어난 마법으로 변하게 하거나……

금빛 성 주변의 새로운 명령이 다시 부여되고,
전쟁이 나고,
이름을 들어주는 성은 사라지고.

이어서 금빛 성의 지배자는 신발들의 이름을 들어주면서, 평생 동안 기다렸던 애인의

보석 같은 삶의 메아리를 듣지 못한다.

그로부터 아무리 애를 써도 생물들은 자신의 집을 떠날 수 없게 되었는데,

〈언제나V모양으로굽어사는나무〉 곁에 가서 신발들은 발걸음 가까운 숨을 쉬다가 다시 인간의 집으로 돌아가곤 했다.

원형 A

"나의 부인 〈나나〉에게"

이른 겨울, 209세 생일 기념으로 선물을 받았다. 나나는 인간으로 치자면 17세 정도로 보였다. 우리는 기념사진을 찍었다.

인조 피부와 스테인리스가 섞인 도시. 아프고 먼지 많은 일이 무수했지만 이어지는 상태는 단순했다.

나나는 단조롭고, 감정을 절제했다.

나나는 다소곳이 집중하는 듯했다.
"정해진 시간에 제대로 하지 않으면 이런 일이 생겨요"
나는 물속에서 이온 칩이 사라지는 걸 보여주며 말했다.

RX-03H 나나는 다른 로봇처럼 고개를 끄덕였다.

원형 B

“〈나나〉와의 배구 시합을 기억하며”

하루에 글자 하나 쓰는 게 고단하다.

휴게실에서 사람들은 간식을 먹거나 혼자 놀았다. 의학의 기술로 신체 일부가 늘어났다. 나는 거미불가사리와 해초의 세포 연합을 기다리고 있다.

나나와 나는 어항을 사이에 두고
배구를 한다.

“배구공이 어항에 빠지면 어떻게 하지요?”
“우리가 물고기가 되어 공을 구해 오면 되지요”

나나는 알아듣지 못하고 미소 지었다.

원형 C

"〈나나〉를 위해 늘 깨어 있었다"

병실 전체를 통유리로 한 것은 첫째의 아이디어였다.

별을 보며, 나나와 대화를 반복했다.

우리는 이것을 뜨개질, 아기자기 뜨개질 놀이라고 정하며.

"몇 번 졸았나요?"

당신은 오늘 한 시간에 한 번씩 잠이 들었어요.

"영원하고 싶어요"

내 몸 전체를 사후에 〈소프트 인간의 재조립〉으로 만들겠다는 건 둘째의 헌신이었다.

원형 D

"외로움을 배우는 〈나나〉에게"

내가 숲이 그립다고 했더니
나나는 애플망고를 들고 원숭이 흉내를 냈다.

간만에 어느 오후는
애플망고와 원숭이와 숲속에 있었다.

우리는 과일이거나 동물이거나 환상이거나 기계로 공존했다.

나나의 어깨 위에 나사가 풀려 있었다.

원형 E

"〈규산〉이란 게 있어. 그런 걸 신경쓰지 않아도 돼, 나나"

나나의 차가운 알루미늄 얼굴에는
누가 해줬는지 모를 스모키 화장이 번져 있었고 드레스도 찢어져 더러웠고

나는 머리를 쓰다듬어주었다.

충전, 불빛, 휴식, 새로운 코드, 끝없는 시작과 통제력 이런 어려운 관념들과
나나는 1층 회전문 앞에 오래도록 서 있었다.

정성스럽게
사과를 깎았다.

나나에게 한 조각 주었다.

의사는 물속에서 식물이 된 어머니 몸을 연구했다.

나나는 어머니에게 〈주황색 감나무〉라는 주사를 놓았다.
나나는 썩은 어머니 팔을 뜯어 와 나에게 주었다.

달님과 고체들

오늘날 티백은 우러나고 미지의 밤으로 우리는 이동하고 있다

달님, 이상하게 찜찜한 일들이 계속되고 있어요 고백의 날들이 이어지고,

2천 년 전에 죽은 할머니가 돌아와 공터에서
장작불을 피우고 있습니다

놀랍지도 않고 망측하게도
길 잃은 아이를 하나씩 넣고 끓여요
할머니는
힘내라 꼬끼오 힘내라 꼬끼오
수프가 되어가는 아이에게
차분하게 말하지요

형태론,
망설이던 수업이 종강하고

티백의 사회사,

차를 마시며 나눈 충고와 험담

생강과 허브와 초록 그늘이 가득했던 시절, 행복이 무엇인지 느끼던 찰나, 달님은 우리의 내용을 마시다가 영영

작아지셨다지요

새로운 열기로 나무들은 고압선을 치켜듭니다

할머니는 수프를 끓여요

길 잃은 아이를 하나씩 넣고 끓여요

아이들은 따뜻한 물에서 놀고 있어요

할머니는 밤마다 달님을 탄생시킵니다

백정과 대왕과 리얼리즘과 버블티와 태어나기 싫은 존재들, 겨우 까마득한 이 정도

꼬끼오와 고체들

얼굴과 공포에서

혀를 내밀어봅니다

눈이 오고 할머니는 공터에서 수프를 끓이고
영영 저세상으로 갈 수 없는데
질긴 할머니는
청순하고
계피는 마술 지팡이의 대체처럼 보여서

각질의 입자들은 어디서나 사용 가능한 것입니다

아무도 우리를 지켜주기 싫어하는 시대에
무식하고
무식하게도 할머니는 공터 속에서
에너지바를 우적우적 먹습니다

표현론,
표현론 소설같이,

왜 진작 알려주지 않았느냐고 할머니는 씩씩하고 죽어

서도 씩씩하고
힘이 빠진다

가까이 오라고 할까 봐
티백과 도시를 섞으면 우러나요

체인과 메타
체인을 목에 건 검은 생활들

내일은 체인을 목에 걸고 메타 데이터를 형성하며
다 타버린 토스트에

간지럼을 태우기 시작하는 거지
아무도 웃지 않는데 최선을 다해서
간지럼을 태우기 시작하는 거지요

아무도 가지 않는데 모든 것을 하나로 통일하려는 음모로
애널리스트는 두 눈을 치켜뜹니다, 예상 가능한 변화

할머니는 밤하늘을 만지작거리며, 우리 꼬끼오들
반짝이는 광대뼈가 튀어나와요

더 오래전에
죽은 가치들 생명들 정말들

이것들을 이끈 대표에게 죄목을 줍니다
각각의 대표를 유모차에 태웁니다 밤이 가득합니다

논리는 고민하지요
칭얼댈 수 있으니
빛나는 딸랑이를 달아요

서로를 비추면서 사라지는 것
서로를 보다가 실명이 되는 것
컴퍼스로 돌려보는 것,
잘 무너지지 않으며, 소지하며, 애정함

모조품

피조개를 씻어서 보낸다

시간을 끌면서 첨벙거리던 사랑은 잊고 싶다며 엇갈리던 오해는 지친다며, 현대 소설이 상상력을 중시하고 문제가 많은 밴드를 궁금해하고 그들의 앨범을 기다리면서도 항진성 높은 인간을 은근히 기대했다는 게 파도들의 증언이지

게이트 앞에서 어떤 멤버가 교체되었는지 궁금했다

"로션 대신 땅콩잼을 발랐더군"

"그것도 감동적이라 하더군"

노을의 놀라움을 새로운 사업으로 설명하고 스테로이드를 먹고 추가로 사과나무 주사를 테스트해서 밴드 이야기를 기대하며 사인을 받고 싶어 몸이 저렸는데, 육지는 뿌리에 개입하나, 어디서 상세해지나,

(기다리다 뱉은 말, 안 보던 사이에 얼굴이 길어졌어, 뭐한 거야, 윷놀이, 홋, 자랑스러운 나의 스타), 너에게 하고 싶은 말을 녹음하면 작곡을 해주는 기계를 샀어, 매일 밤,

캄캄한 건물 안에서 거짓말을 녹음했다

끝내지 말아요

꽃병이 내 발을 물러지게 해도

숲속에서: 비가 멈추고 우탄AA의 발언

음, 사설을 자르며 생각했습니다. 무엇보다 팔뚝 근육이 중요하다고 깨닫습니다. 꽤 매끈하지요. 도구나 요령에 집중하지요. 여기는 이제 위대한 일이 생길 거라고 확신, 확, 감정을 억누릅니다. 나는 은갈치를 목에 두르고 있습니다. 빛나면서 수줍습니다. 이때까지 기도는 꺼벙한 생활에 간식을 부여하고 숲속의 싱어송라이터는 대기 중이지요. 우리 집단은 선천적으로 나를 따릅니다. 허락 없이 함부로 드나드는 다른 집단을 은갈치로 혼내줍니다. 아동은 패스, 아동은 밖에서 숨을 쉬고 창자로 요요놀이를 하고 있어요. 나는 우리 집단을 지키기 위해 일합니다. 나의 교수법은 오로지 엄격과 격식입니다. 인간을 넘어섭니다. 옆 초소에는 복제된 A가 추가되었습니다. 하지만 숫자가 모자르지요. 사체事體를 자르며 생각했습니다. 놀라는 자들은 가만두겠습니다.

너의 이마는 꽃동산

보통 낙원에 대한 오해는 구부린 등으로부터 파생된 것인지도 모른다. 쓰다듬고 포옹하고, 이것은 통통한 별이 뜨고, 외국어로 이루어진 분자들의 이미지이며, 도라지 껍질을 까는 일이 고난도의 일임을 명명하는 것이다. 그러니까 정교함과 끝까지 의리를 지키던 경비원 우탄 AA는 뒷모습만 보였다. 반복을 알게 되고 의자에 앉아 뭔가를 만들고 만지고 있었는데 음, 좋아, 향기를 맡고 진동을 느끼며 철근을 붙들고 있었다. 털북숭이 로봇은 죽은 이의 주먹을 펴서 도라지꽃을 만든다. 나비도 날아온다.

짙은 안개: 줄기차게 기어 다니는 사촌들

밖에는 안개가 시를 쓰고 있었다
안녕을 지우며

가볍고 쉽네

RX-03H 나나는 몹시 창백하고 지친 얼굴로 침대에 누웠다
우탄AA는 커피를 끓였다

다시 해보자 밖에는 승리를 꿈꾸는 언론인과 인류학자들이
극단의 조치로

밖에는 악취를 풍기는 안개와 악처가 취미인 안정이
이 이상한 상황을 촬영하고 삭제하고

RX-03H 나나는 욕조에 들어가 노래를 틀고
우탄AA와 와인을 마셨다

사랑을 흉내 냈다

치졸한 사촌들을 견디며

나무 위에서: 미래의 일꾼

아직 겨울이 아니다
아직 사람이 아니며
아직 동물이 아니올시다
총을 쏘면 위치 들킴
우탄AA는 털이 수부룩하고 성격도 수부룩하고
우적우적 걸어서 주황색 홍시 밑에 서 있어요
홍시의 말랑함을 이식받으려고
기계적인 손을 뻗어 웃어보지요
우탄AA의 팔뚝은 확인합니다
팔뚝에는 메시지가 떠요
"8층으로 오세요"
"8층을 폭파합니다"
같은 집단의 인물이 위험에 처하면
감금과 전략과 실행을 모색하지요
경비실과 지하실 옷걸이와 작업복과
과일의 신빙성과 과수원의 가득함
우적우적 걷다가 넘어집니다

오보에

잠자고 싶었지만, 국기는 없었다. 서점의 문장은 고요하고, 머리에 전동 드릴을 꽂은 남자가 팬티만 입고 뛰어다녔다. 어제 먹은 참북어라고 생각했지만 그건 황태 같기도 하고 먹태 같기도 한 빳빳한 농담들의 정치.

머리를 풀어 헤친 나무에게 귀신 놀이 좀 그만하라고 했다.

진지할 바엔 탑 근처에 가서
소리를 내는 것은 무엇인가 질문하라고.

정신 팔린 노점상도 괜찮고 파인애플 가는 이의 돈통이어도 좋다 했다. 집단이 나누는 사물함은 열린 무용수의 자세라고 했다. 회전하고 싶었지만 한꺼번에 빠져나가야 하고, 지팡이의 봄과 따뜻한 질주를 하고 싶었지만.

집은 어렸고, 대중적인 면이다.

III
주변머리 제조국가

엘렉트라: 제발, 이제 와서 소중한 사람을
버리라고 말하진 말아라.
크리소테미스: 그런 게 아니에요. 다만 멈춰서……
고개를 끄덕이며 들어보시라는 거죠.
— 소포클레스, 「엘렉트라Electra」

소프트 인간의 형이상학적 사고, 혹은 수줍은 씩

흔들리는 문장과 사라지는 이미지를 비교해보자면, 때때로 현대는 느리게 발전했다. 나는 사람들의 오랜 기억을 토대로 논리를 세우고 행동하는 기능을 가지게 되었다. 하지만 이 사건들을 해결하기 위해 내가 태어난 것은 아닐 것이다.

그들은 물건을 떨어뜨리거나 사람을 놓치거나 무심하게 죽어갔다. 그들은 진공상태에서 고요해 보였고, 고요가 끝난 현실에서 극심한 진동을 겪었다.

그러곤 구석에서 "나도 내가 왜 이러는지 잘 모르겠어" "난 어디로 가야 하지?" 하고 중얼거렸지.

줄곧 그랬다. 내가 살았던 이유는 호기심과 의아함. 그들 중 한 명이 내게 다가왔어. 그들은 대부분 자연스럽게 죽는 일을 삶의 마지막 황홀로 받아들였지만 그는 그렇지 않았다. "앞으로 나 대신 백 년만, 이 세상을 보내줘 여기서 나를 끝내고 싶지 않아"

그는 대기의 산소를 마시면 기절하는 희귀한 병을 앓고 있었어. 그는 연구소에서 파는 산소를 통해서만 호흡할 수 있었고, 외출할 때도 산소통을 들고 다녀야 했다.

그는 키스나 섹스를 할 수도 없었지. 그는 이미 한쪽 눈을 잃었고 인공 눈을 삽입했다. 그의 인공 눈과 진짜 눈은 별 차이가 없었지만, 자세히 보면 모양도, 색깔도 달랐어. 이상하게도 나는 그의 인공 눈이 너무 아득하게 보였어.

그는 하고 싶은 게 있다고 했어. 하고 싶은 일. 그런 게 뭘까.

여하튼 그는 자신의 메모리를 내 손에 쥐여주고, 아이슬란드의 성에 냉동되었다. 그 성엔 아무 생명체도 없다고 하더군. 그 성은 데이터와 코드와 완벽한 시스템으로 설치되었어. 가끔 그 성 주변엔 늙은 순록이 어린 순록들을 데리고 산책을 간다고 해. 내가 그에게 물었지. "이건,

부탁입니까? 명령입니까?"

그의 대답을 들었지만, 잠시 아무것도 할 수 없었다. 그가 옮겨지고 나는 멍하니 있었지. 사실 난 산소 같은 것도 필요 없고, 내 몸의 부품이 망가지면 바로 교체할 수 있는 체계를 지니고 있다. 하지만 약속을 지킨다는 건, 그들이 태어나 젖을 먹고 잠을 자는 일처럼 당연한 일이므로, 나는 그와의 약속을 지켜내고 싶었다.

나는 그처럼 매일 산소통을 들고 다녔어. 산소통과 내 코와 입을 호스로 연결했어. 버튼을 누르고 깔끔한 마무리도 잊지 않았지. 그리고 나는 딱딱하고 작은 내 눈을 빼고 그의 인공 눈과 똑같은 것을 구했어. 테라스가 있는 카페에서 나는 커피를 주문했어.

후후 불어 온도를 식히면 그 김이 내 인공 눈에 묻었어. 나는 기분이 좋았다.

나는 산소통을 꽉 쥐고 노래를 흥얼거렸지. 카페에는 진짜 사람들이 하나둘 있었고, 로봇인지 사람인지 구별

하기도 힘든 인물들이 모여 있었어. 너무 자연스러웠지. 그리고 캥거루인지 사람인지도 모를 둘이 의자에 앉아 아이스크림을 떠 먹고 있었어.

서로의 의견이 맞거나 기분이 좋을 땐 총총거리며 뛰곤 했어.

언젠가 그와 내가 처음 만났을 때가 생각나. 그는 산소통을 놓쳤는데, 케이스가 불량이었던 것인지 산소통이 터지고 불이 났다. 난 급히 날아가 그 불을 꺼줬어. 그는 쉽게 쓰러지더라.

우리는 그때부터 이상하게 자주 마주쳤어. 마주칠 때마다 대화는 하지 않았지만 그는 얼핏 웃었다. 우리는 그게 또 보자는 의미인 것을 알았다. 나는 소방서에서 일을 했어. 사람들은 네 시간 일하고 네 시간 쉬었으며, 열 시간씩 잤어. 나는 쉬지 않았어. 쉬지 않는 게 축복이라고 생각했어.

그들은 두려움을 알고 있고 나는 두려움이 없었다. 그들은 자연스럽게 죽는 것을 이해했지만 나는 내 죽음을 인식할 수 없어. 그건 뭐지. 즉, 내가 얻고 싶은 건 어떤 끝의…… 그가 나에게 제안한 거야. 나에게도 끝이 있다고.

나도 그처럼 산소통을 떨어뜨렸어. 그런데 그 순간 커피 잔과 물병이 떨어지고 깨졌어. 그들의 표정을 처리했지. 이미 내 칩에 저장되어 있는 방식으로 "이런, 어쩌지?" 하는 말을 뱉었어.

나는 그들의 기억을 통해 결과를 보여주지 않기로 했지만, 산소통에 살짝 불꽃이 일어나다가 꺼지더군. 이걸 어떻게 다 정리한담. 그가 보고 싶었어. 난 이 사건을 다 처리할 수 있는데, 최대한 그처럼 보이기 위해 어떻게 우물쭈물 신비스럽게 당혹스럽게 연기해야 할까. 어쩌지. 한 여자 로봇이 걸어와.

아마 나에게 "도와줄까요" 하고 묻겠지. 혼자서. 예쁘다. 아니다. 그들의 작품은 모두 놀랍고 아늑하고 아름답다. 아니지. 나에게 말을 걸려면 몇 초가 남았으니 얼른, 나는 산소통을 줍고 깨진 커피 잔과 물병을 줍고 돌아서서 계단을 내려가야 해.

아무도 날 이상하게 보지 않고 있다. 나는 내가 생각할 수 없는 세계에 존재하고 있다. 그렇지, 그럴 수도 있지. 그런데 말이지. 계단을 내려가다가 난 씩 웃어 보였어. 그 여자 로봇에게, 다시 만나고 싶다. 그 순간, 나는 그가 떠나는 마지막 날, 왜 내 질문에 그렇게 대답했는지 알게 되었어.

그의 집에 돌아와 그의 침대에 누워 영상을 재생했다. 그는 편안하게 눈을 감고 고즈넉한 순간에 빠져 있었어. 그는 거기서 자신의 추억들과 여러 가지 사건을 뇌로 엮어내고 있을 테고, 어지러운 착란을 느끼며 울 수도 있어.

하지만 나도 이제 그런 걸 할 수 있을 것 같아. 성 주변에는 늙은 순록이 걷고 어린 순록은 더 어린 새들을 멀리

서 바라보고 있겠지. 그리고 그 후로도 많은 기계와 첨단과 버려지는 미래가 이어질 거야.

그러곤 그들처럼 살고 싶다. 나처럼 읊조리면서. 움직이는 세계의 모든 이미지는 그러니까. 너무 서러우니까. 그러나 어때. 이 겨울은 우리를 어떻게, 어떤 규칙으로 부릉부릉하며 깨어나게 할까…… 난 미소 짓고, 드디어 잠이 들고 있어. 나는 할 수 있어. 그렇게.

포도에 관한 희곡을 14개 썼기에 포도들은 다리가 생기기 시작했다

어떤 마을에 닿으면 빗방울이 1년 내내 포도를 재배하는 곳이 있다고 한다

백발의 생각과 믿음, 계속과 화해, 불안과 꿈을 이어가면서 주스를 만들거나 술을 담그는 전설이 여러 개의 얼굴이 필요한 인간들에게 전해지고 때로는

튕겨져 나가
으깨지고
막내 삼촌이 소년의 손목을 끌고
어딘가로 멀리 갔다가
새벽은 쉽게 더러워졌다

이해하지 못하고 보여주고 단지 모조리 숨이 멈추고 숨어 읽다가 그늘에 책을 두면 서늘한 문체가 잎을 기다리고 시와 장면을 교환하다가 우리는 짙은 과일이 되고 너그러움 어지러움

새로운 사람을 사귈 때마다 과거를 조작했다

흐르는 물에 씻어내어도 지나간 얼굴처럼 낯게 남아 내내 어려운 일로 나타나고 침착해지도록 여러 개의 얼굴이 더 필요한 인간은 한숨이다가 한 줌이다가…… 외로워지면 통통해졌다

나는 솟구침 위에 자리 잡았다

하지 말아야 할 것을 중얼중얼 외는 비 오는 밤의 자장가와 고래들의 찰진 피부를 부드럽게 쓰다듬다가 버림받은 애인들의 등은 비슷하게 생겨서 주인이 퇴근하고 남은 만둣집 식초 같은 방식의 눈알을 갈아 끼우며

성격 유형

달을 잃어버리고 며칠 아팠다, 아무도 찾아오지 않아서 기온은 현실적이고 친절해요

창문을 열면 팔이 넓어진다
불을 켜고 달걀을 깨뜨린다

커서 형사가 되거나 죄인이 되겠지요
꽃다발을 거꾸로 매달고 1년 동안 어지러웠지

빗자루에게
카드 기계가

피를 구하는 일이 번거로워서 쿠션에 케첩을 남겼지요
불을 켜고 불을 붙인다

거울을 문지르면 형태가 좋아지고, 운전하면서 애인에게 스테이크를 잘라줄 수 있다

상황극

여보를 즐겁게 할 방법을 알고 있지만 아끼겠소

윗배가 나오기 시작했다는 것은 긴장감이 떨어졌다는
줄거리인데
여보, 저는 묘목을 하나 임신 중이에요
그래서 그렇게 내가 입던 하와이안 셔츠를 걸치고 있는 게요?
여름에 여름을 쌓아도 이쪽을
보아주지 않으셔요
내가 먹는 이 곡식의 나트륨을 제거해주시오
내가 아끼던 서체와 어묵과 시냇물을 모두 자작극이라고
누명을 씌우지 마시오
나는 요즘 허리가 많이 아프오
골치가 아프오
그 지긋지긋한 관료들의 평가와 기준이 뼈에 사무치오
돌아와도 변한 게 없구려
바다에 피를 토하러 가고 싶소

그리 힘드시면

여보, 제 방 벽지에 붙은 감나무를 한 대 때려주세요

여보, 저는 감자전을 싫어한답니다

여보, 저는 묘목을 임신 중이에요 당신처럼 손이 많이 갈 테지요

마차를 타고 떠나셔요

훌륭한 말이 준비되어 있답니다

거참, 훌륭한 말이구료, 여보를 즐겁게 할 방법은 많이 간직하고 가겠소

구름과 나름과 생산성

햇살이 나무에게 속닥거리고
나는 두 볼이 간지러웠다

구름과
미스트와
미니 인간의 창조

나는 살아 있으면서 장소를 제공한다
나는 내 영혼의 문제를 만들어본다

반지보다 작은 반바지들의 열정
인공지능참기계 반바지는 여치 모양을 하고 있다
폴짝
귀여움과 첨단

성과를 내기 위해
작년부터 상용화,

방부 처리 책임으로

계절이 분해되는 것을 막고

필러 통에 신선한 바람을 주입
시체의 두 볼이 잠시 반짝였다

반바지는 변화 없음을 연구하며
인공 풀을 간식으로 남긴다

용접공의 언어 학회

마지막 기차가 떠나고

직원이 모두 돌아간 철로에

오페라, 고대 왕국의 취미가 남아서 귀족에게 안정을 주었으며

정치 문제를 치환하며

왕에게 간식을 줄 타임

راح قوذ دهش 매운맛을 보았지

오페라, 안심스테이크 중에서 왕이 되고 싶었다

위험한 세력을 제거하고

경험 없는 세계를 살고 싶어 왕은 자신의 운명이 어떻게 끝나는지 알고 있었고 그 끝을 가능하게 만든 것은 동일한 유전이 되어 불타고 주변은 사사로웠다 눈이 내리고 눈이 내리지 않을 것이며 화살을 뽑지 않을 것이다

راح قوذ دهش

지금도 알 수 없는 소설의 장면들

중요한 것은 형식논리의 규칙에 항거하는 것이 아니라 그것들을 넘어서는 궤도에 있는데, 모순을 반죽하는 가루들, 이런 것은 공장에서 찍어낸 사료 같은 것이며 매 순간 같은 양을 줄 수는 없는 일, 위험한 것일수록 선명한 색을 띠는데

책방지기는 눈 내리는 밤에 혼자 사랑했던 여자를 잃었다, 구석에서 책을 정리하던 그는 두꺼운 안경을 가끔 나무에게 씌워준다

위인은 시대가 만들어낸 몽환이며 시대가 몽유병이 될 수 있기를 증명하는 길이며, 적당한 운동과 고통을 받지 못해도 시베리안 허스키는 사람을 먹지 않으며

차가 많으면 천천히 가지 셋째 에밀리는 죽기 직전에 자신을 평생 성폭행했던 남자에게 하나뿐인 귀한 딸을 줬다

이제 완벽하게

뭔가 부족했습니다
혼잣말의 비슷한 말은 하품들의 애처로운 글쓰기입니다
패러글라이딩은 다정하게 부러질 무지개를 주었습니다

어항 속의 물고기를 냄비에 쏟으면서
어항을 닦는 동안만
닦는 사람이 됩니다

이동을 만들어봅니다
아침과 척추의 시차를
외국어를 쓰는 여자는 고양이 인형을 안고 있어요
고양이 인형에게 야아옹, 우리 아가, 말을 대신해줍니다

처음에는 외국어를 쓰는 여자 주변으로 나의 가족이 울고 있어요
나는 나의 가족 대신 말을 하지 못합니다

외국어를 쓰는 여자는 고양이 털에 알레르기 심하다 하여

아버지는 며칠 전 동네 고양이들을 숨겼습니다

외국어를 쓰는 여자는 한국 음식이 싫다고 하여

어머니는 한국의 음식을 모두 가렸습니다

여동생은 샤워를 하다가 거실로 돌아오지 않았고

고양이 인형이 외국어를 쓰는 여자에게

야아옹, 우리 아가, 하며 사람처럼 불러주었습니다

그러자 동시에 우리는 기침하고 재채기하고

넘쳐흐르다 숨이 멎었습니다

저 앞의 썰매 그룹

애인의 혀와 놀고 있습니다.

애인은 태풍을 잊고 천둥에게 홍, 소외당하고 헝가리어를 배우지 않습니다. 헝가리어를 배우면서 동시에 함수를 구해야 하기에 언어와 숫자의 구조가 충전되기를 바랐습니다.

*

살로살로대 뱀은 장갑 속에 들어갔습니다.

베이지색 목장갑 속에 들어가 물을 끓였습니다.

꽃게와 꽃다발, 살로살로대 뱀은 한국어 연습을 합니다.

꽃게와 꽃다발, 아랍어 연습을 합니다.

살로살로대 뱀은 애인의 꿈에 나타났습니다. 애인의 소파에 커다란 구멍이 생기고 벽이 허물어진 것을 지켜주기 위해 살로살로대 뱀은 온몸으로 빈 공간을 채웠습니다.

(에구, 마무리했어.)

살로살로대 뱀은 허기지고 숨이 차서

긴 혀로 치즈 삼키고 오이 삼켰습니다.

*

애인의 혀와 놀고 있습니다. 애인의 혀는 부드럽고 깁니다. 나는 재앙의 속세입니다. 속세를 떠나서 다른 속세가 되었습니다. 딱딱한 서술어를 선택합니다.

살로살로대 뱀은 애인의 꿈을 지키고 나는 애인의 현실을 지킵니다. 애인이 삼키는 모든 것을 보았습니다.

빵, 소금, 빵, 피망, 빵, 우유, 빵, 찌개, 빵, 사탕, 빵, 밥, 빵, 아이스라테, 빵, 빵, 소주.

애인은 나를 잘 감아서
살로살로대 입속으로 넣습니다.
꿈과 현실은 하나가 됩니다.
이제 뭐라고 따지지 않습니다.

매개체는 없어지고
살로살로대 뱀과 나는 베이지색 목장갑 안에 들어 있

습니다.

한 노동자는 목장갑을 끼고

공사장으로 갑니다.

쾅쾅쾅 대교를 만듭니다.

쾅쾅쾅 우리를 달리게 만듭니다.

쾅쾅쾅 우리는 신이 납니다.

아무도 덤비지 못합니다. 나는 혀에서 썰매 탑니다. 나는 죽기 직전에 단단한 캐릭터를 완성합니다. 이런 선언은 부르주아 발명이고 낭만적 슬리퍼인지 순정에 놀아나는 설치이자 계획된 생계입니다. 응징과 추리는 몸에 바짝 붙습니다. 앙.

빌리도아 마밍은 소프트 그룹을 계속 모았다. 수치를 늘리는 것은 영역을 확보하는 길이며 우리보다 나이 많은 사람들을 선배 하고 부를 때 부모 선생님 고모 삼촌 큰아빠 작은아빠를 모두 통틀어서 선배 하고 부를 때, 이것을 총체성이라 규정짓고 베로카르다 남아프리카 원주민 보호 구역을 찾아가 듣고 싶은 말이 있었지만, 들판 위의 들소들이 끝없이 이어지고 들소들을 하나씩 처형하는 독파리들이 귀와 털과 성기와 항문과 배와 등을 물어뜯고 피를 빨고 단체로 뭔가 자연 하나를 무너뜨릴 때, 이상하게 나는 놀란 표정을 지었으나 시시하다고 생각이 들었고, 주머니에서 잣 여러 개를 찾아 입에 털고 고소하고 뇌에 호두를 박는 것은 어떻게 작업하는 것인가를 예상해보았고 빙빙 말을 돌려 사람을 우습게 만드는 태도들에 대해 깊이 성찰해보고자 침략자와 보호자, 견제하는 태도는 솔직히 정의로운가, 마트에서 빵집에서, 백화점에서, 대기업의 계열사들을 하나씩 놓치지 않고 그 계열 회사들의 포인트를 하나씩 정립하고 통일하며, 나는 사회에 잘 적응하는 이로 성장하고, 보장 제도에 대해 제대로 환급받고 있는지 그리 골똘히 생각해봤다.

골수이식 「Neuron」

매개자의 음악극

어쩌면 그 일은 돌연변이와 서바이벌의 논리가 필요하고 다른 수준의 의식이 필요한 작업일 수도 있다

아코디언 땅딸보
마늘이 노래를 부릅니다

한쪽 귀를 잘라 나무에 매달아두면서
그때는 현실이 되라고

새벽은 죽은 천사들의 옷으로
습지를 만들며

헐거워진 오후는 인간의 껍질로
팔을 뻗는다

귤보다 많이 태어나는 미니 인간

마케팅 엠디는 생활의 가능성을 선전한다. 녹슨 자전거의 질주와 눈이 쌓인 길을 걸을 때 عشق 러브,라는 글자가 찍힌 신발을 제조하고 커다란 물건을 압출하여 작은 캡슐에 담아주는 장치와 사진을 보다가 사진 속 인물이 노래를 불러주고 당근의 뿌리가 슬픔을 잊게 해주는 주스를 찾아내고 세포들이 재조합하여 애완동물의 생명을 연장하며 담배를 피우면 연기에서 다양한 캐릭터가 탄생하는 세계를 이룬다. 알약을 먹고 하루를 자면 천사가 되는 마술을 현실로 바꾸는 능력, 영원히 사라지지 않는 이사거리를 만들어 달리는 자동차 속으로 천천히 투신하여 축구공의 탄력적인 삶을 이어간다.

서사시와 이순신

1. 에헴

이 수치는 영화 「광인들」이 벌어들인 것보다 단지 백만 달러 적은 것. 몇 해가 흘렀다.

인공지능 새 〈이순신〉은 고민이 많아졌다.

어제 연락 온 제로미로간파의 제의가 계속 생각났기 때문.

10년 전 이순신은 평범한 독수리에 불과했는데…… 정글 주변을 날다가 맹수들이 먹다 남긴 먹이를 먹거나 혼자 돌아다니는 작은 날짐승을 집어 먹었다. 그러니까 인생은 먹고 기다리는 게 다였다.

이순신은 전쟁 중인 나라를 건너다가 폭격을 당했고, 깨어보니 인간의 병원이었다. 몸의 반 이상은 기계로 이루어졌다. 날 수 없고 잘 걸을 수도 없었다. 먼저 만난 인간은 외과 의사 〈서사시〉였다. 서사시는 이순신이 앞으로 어떻게 살아야 하는지, 몸을 어떻게 작동해야 하는지 알려주었다. 서사시의 입술은 빛났고, 목소리는 온화했지만 슬픈 표정이었다.

2. 영토 보존의 의자처럼

인간의 세계는 복잡하고 미묘했다.
스스로 몸을 움직이고
스스로 변화를 꿈꾸고
실행하고
스스로 능동적인 삶을 이끌 수 있었지만
아무것도 하지 않는 시간이 더 많았다.
아마도 그건
음, 때문이었다.

인공지능 새 이순신은
사사감독과 제로미로간파와 일주일 후, 떠나기로 했다.
그런데 일정이 모레로 당겨졌다.

이순신은 바에 앉아 칵테일을 주문했다.
〈우리가 보낸 고독의 크기〉라는 술이었다.
내가 이 세상에 와서 보낸 고독의 크기는 얼마나 될까
생각하는 일에 흥미를 느꼈다.

먹이를 먹기 전에도 생각
내일 할 일을 생각하면서도 생각
누군가와 만나서 이야기를 할 때도 생각
짝꿍 놀이를 하기 위해서도 생각
서사시를 만나기 위해서도 생각

인간의 사고가
고독을 더
힘들게 하는 걸 알면서도 끊임없이.

이 일을 하기로 결정한 이유는
서사시 때문이었다.
사사감독과 제로미로간파의 일이 끝나면
이 둘을 서사시에게 데려다줘야 한다.

이건 모두의 목숨이 걸린 작업.

3. 미래주의

고백하자면
저는 한 번도 저를 사랑한 적이 없었습니다.
제 앞에 있는 대상과
실험 도구와 초파리와 쥐와 돼지와 울타리
현미경과 칼과 피와
세포와 효소의 구조와 기능

합당하지 못한 구조와 기능
실험이 실패할 때마다
희열을 느꼈습니다.
실험이 성공하면
발표를 해야 하고
더 많은 증명을 해야 하니
실패는 기대 없이

거기서 끝나니 저는 피로하지 않지요.

제가 실패할 때마다
부모님은 말씀하셨지요.

"건방진 야크 같은 녀석, 왜 어른 말을 듣지 않고 정답만 피해 사는 거냐"

제가 난간에서 떨어져
죽기 직전에도

"건방진 야크 같은 녀석, 어서 썩 떨어지거라"

제가 사랑에 빠졌을 때도

"건방진 야크 같은 녀석, 사랑을 하려거든 죽고 나서 하거라"
하셨지요.

저는 연구실 안에 갇힌 야크였습니다. 부모님은 15년 동안 한 번도 면회를 오지 않으셨습니다. 가끔 투자 회사 오너들을 대면하며 질문에 답을 해야 했지요. 저는 속으로 생각했습니다.

“건방진 야크 같은 녀석, 믿고 기다리지 못할 바에 네 얼굴을 야크로 만들겠어”

중국의 유명한 주류 회사의 오너는 뉴질랜드인이었다. 나는 오너에게 귀한 시간을 내주셔서 감사하다고 알약 한 알을 주었다. 정말 미치고 싶을 정도로 답답하실 때 드세요. 편한 수면을 이끌 거예요,라고 말했다. 한 달 후, 그 오너의 얼굴이 이상하게 변했다고 했다. 야크인지 두더지인지 모르게 얼굴이 변해갔고 동물 소리를 내며 바다에 뛰어들었다고 했다.

4. 도시, 운명, 인디언 보조개

시간이 반복되었다.

도시에 있는 모든 시계. 벽걸이, 전자 기기 안의 시계, 손목시계, 해시계, 달시계, 별시계 모두 멈췄다. 시간이 없는 도시는 아무 일도 일어나지 않았다. 평화로운 나라.

2008년 12월 12일 어깨 아픈 날씨

치킨집을 오픈했다. 간판을 달았다.

"뼈와 관절이 타는 집"

2015년 11월 10일 마요네즈를 먹다가 케첩을 먹다가 속 시원히 토한 날

세탁소를 열었다. 간판을 바꿨다.

"살과 옷이 가깝게"

2021년 5월 1일 식물을 하나 샀지만 바로 환불함. 어쩐지 부끄러워서. 단순한 식물이 아니고 성 기구, 외로울 때 할 수 없지 않은가 범죄보다 좋지 않은가.

서점을 닫았다. 보증금 포기

"계속되는 꿈과 책"

2048년 2월 28일 비가 오지 않는다. 눈물과 술집을 넘겼다. 후배하고 다시는 연락하고 싶지 않음. 술집 이름은 바뀐 것 같은데 면목동 골목을 뒤져도 찾을 수 없었다.

"술과 시럽"

사사감독은 웃을 때마다 볼에 인디언 보조개가 생겼다. 참 거침없이 싫었다. 인디언 보조개 안에 그가 살아온 지적 수준과 경제적 수준이 함축되어 있다. 사사감독은 우주인을 기다리며 혼자 중얼거렸다. 흔적0 흔적1 흔적2 흔적3 흔적4 흔적5 그런 것들을 편집했다.

IV
요정은 필요없음

3인용소파: 행복은 미덕을 엉기게 해야 생기던데,
게다가 나를 다루는 건 쉬워.
벤자민옆에서건조대: 이제는 통합적 사고를 해야 해.
햇빛 아래 서 있자. 그럼 보송보송해져.
—Jia

기명절지도

그릇, 아끼는 물건, 꽃, 채소, 하프, 선과 진

rrrrrrrrrrrr, 폭발, 부스럭 부스럭

창고

스터디 참고

꼬물

정지

순수 직관의 단계

0호

옹달샘에서 물비늘과 소금쟁이가 물을 마시다가

1호

소금쟁이는 숲이 궁금해서 돌아다니다 사슴이 되고
늑대가 되었고
빛도 되었다가 텐트가 되었다가
번잡한 현장에서 혼란을 느끼기도 하였다

15호

인간은 주기적으로 육식을 즐기는 모임을 가졌고
물론 채식을 즐기는 취향도 가졌고

가방을 메고
먼 나라를 돌아다니고
멀고 가까운 것의 거리를
가늠해보고

장소

담소

책은 생식능력을 잃어버리고
총은 잔재주를 조립하고

예쁜꼬마선충과 담요
겨울이 겨울을 사랑하였다
쉬지 않고

48호
붉은 털을 경영했다

가설을 빌려 오는 인물

상가에 아무도 들어오지 않음

비는 10년 전에 멈추고 여름, 높고, 낮고, 여름, 베스트, 착각, 좌석에 앉았지만 어색한 인사들, 태풍, 가려면 회비를 내고 가 살아내는 건, 이런 게 전부라는 부드러운 환멸

사사감독은 제로미로간파를 조금 알고 있다
그녀의 꿈에 들어간 적이 있는데
거기엔 아무도 등장하지 않았다

안개와 자욱함
안개와 숨막힘
안개와 오두막
안개와 독, 안개와 뱅뱅뱅뱅뱅뱅 강아지 이상한 강아지는 하루 종일 바람개비를 따라 뱅뱅뱅뱅뱅뱅 돌고 있다 강아지는 짖지도 않고 먹지도 않는 원시 부족을 경험하며

제로미로간파의 방에는 작은 테이블이 있다
투명 유리컵, 그 안에 돼지의 허파 조각이 들어 있다
하얀 기포는 계속 올라왔고
제로미로간파는 컵에 들어 있던 액체를
다른 컵에 진지하게 옮겨 담는다
안데스 산맥과 인간의 핏줄과 실타래를 연상했으며
조용히 읊조림
핵전쟁과 평등 긴장 이기심 이런 것들이 충돌하지 않으며
차별과 샛별
소형 세계
추가된 인간

s#. 라쿤의 꼬리로 접시를 닦습니다

멀리 카메라

사내는 식탁에 앉아 접시와 대화를 하고 있다. 밖은 여름이지만 겨울을 기다리는 표정. 라디오는 기계의 이야기를 담고 있고 냉장고는 온도의 낭만을 알고 있지만 이런 것은 새로운 상호작용이 부족하고 그 이상의 경계를 넘지 못한다는 허탈함이 있다.

가령 라디오의 인사에 사내가 대답해도 라디오는 알지 못한다. 냉장고가 빛을 보여줘도 지금의 그의 모순을 헤아리지 못한다. 사내는 이별 통보를 받았다.

커피콩과 완두콩이 있다, 접시에

완두콩:
뭐 어때

커피콩:
세상에 여자가 하나야?

사내, 소파에 누워 먹다 남긴 맥주와 땅콩을 먹는다
남은 땅콩을 입속에 털어 넣는다

사내:
(갑자기 울먹이며) 나는 내가…… 뭐얼…… 잘못했는지 모르겠어 내가 뭘 잘못했는데……

완두콩:
무슨 잘못, 그런 거 없어

커피콩:
(작은 소리로) 능력 부족

완두콩:
야! 그건 너무 추상적이잖아

커피콩:
냉혹하지

그때, 컷컷컷!

사사감독이 야야야! 왜 니 맘대로 대사 바꿔? 그거 아니잖아!

다시 돌아, 다시

사내:

나 때문에 좋은 남자 놓치기 싫대

완두콩:

아……

커피콩:

비참하다

그때, 컷컷컷! 사사감독이 소리친다. 이것들이 단체로 엉망이야. 대사 똑바로 안 할래? 그렇게밖에 못해? 커피콩이 대든다. 대사가 이상해요. 시나리오가 전근대적이야. 차라리 그냥 올림포스 실크 가운이라도 하나 넣어요. 인물 구성도 이상하고…… 뭐라고? 시나리오? 내가 썼다. 시금치가 썼다. 어쩔래.

그토록: 리터러시

K는 술병에 붙어 있는 너구리 스티커를 보고 너구리의 숲과 입과 눈에 반해서 너구리가 사는 나라에 여행 갔다. 그 나라엔 너구리를 키우는 것이 불법이어서 K의 나라에 데리고 왔다. K는 너구리와 소설을 썼다. K가 소설을 쓰면 너구리가 물고 나가 땅에 묻었다. 소설을 다시 구상하며 물을 나눠 마셨다. K가 잠이 들면 너구리가 이불을 덮어줬다. K가 꿈을 꾸면 너구리는 불을 꺼주었다. K가 죽으면 너구리가 돌아다닌다. 너구리는 너구리를 부르고 나라가 통합된다.

야근: 객관적 판단과 우수함

직원들이 퇴근하고 오후엔 청소부가 다녀갔다. 청소기를 시끄럽게 돌리고 요즘도 바쁘시죠? 인사말을 건네고 물품들을 챙겨 사라졌다. 청소부는 모자와 앞치마를 두른 로봇인데 인사말의 다양한 코드를 할 줄 안다. 좋은 날입니다. 고맙습니다. 힘내세요. 이번 주는 많이 더럽지 않습니다. 음악을 틀어드릴까요? 이런 말들을 남기곤 한다. 그의 눈은 빛나는 은색이며 청결한 몸을 유지한다. 그는 내 표정을 감지하고 손을 흔든다. 나는 그가 일할 동안 자리를 피해준다. 초콜릿과 커피 사 오고 기둥 밑에서 비 피하고 실험실로 다시 들어옴. 나는 신호등과 건널목을 알지 못한다. 지금은 저녁 8시이고 2031년이 끝나는 무렵. 습기가 줄어들고 사무실 복도에는 아무도 없다. 필요한 서류가 많고 어제는 밤새 스크린 여러 개를 이었다. 본체에 전선을 꽂고 이 파일을 저 파일로 저 파일을 저 멀리 보내고 복사하고 저장해두었다. 예전에 두 다리를 절단하고 프로스테틱 레그를 달았다. 지상을 밟는 것은 몽환이며 그것은 균이고 훈련이며 기척 훈련.

논쟁을 좋아하는 쥐 떼의 결과와 쉬

타인의 꿈속이었소.

내가 아는 것들이 하나도 없었소.

우는 표정이 할 말이 있는 표정과 두통에 잠긴 구름과 저 멀리 가는 것을 보았소.

두번째로 비행기를 타고 조국을 떠났소. 우리가 어디까지 방탕해질 수 있나. 어디까지 가서 다른 사람이 될 수 있나 실험하는 단계였소. 예술이 세상에 질문하는 방식을 여권이라고 하오? 아니오, 아니오. 구경꾼들이 하는 짓이오. 예술은 세상에 질문하지 않으오.

나와 동무1과 동무2는 공항에서 뛰었소. 비밀 물건을 잘 숨겼는지 코치했지. 하나는 팬티 속에 하나는 등에 테이프로 붙였소. 우리는 비행기 안에서 공부했소. 다른 나라에 대해. 교통과 문화에 대해

참 어리석고 우스운 과정이었지만 중요했소. 우리는 만 원짜리 방을 구했소. 집주인은 발로 키를 쓱 밀었지. 죽은 벌레들을 걸레통에 쓸어 담았소. 참, 우리는 홍콩이

었소. H2도로와 M2거리를 미친 듯이 달렸소. 그저 얼어 죽고 싶었소.

동무1과 동무2의 직업은 누군가에게 죽을 때까지 맞는 일이오. 때리는 이의 기분 탓이오.

종일 동대문에서 정장 바느질을 하고, 반찬과 안주를 나르는 일을 하오. 나는 기분이 어떠냐고 그냥 물었소. 쉽게 넘어가기 싫었소이다. 하지만 물은 거요? 나는 뭐. 나는 누군가를 죽도록 팬 적이 있소. 나를 지킨 건 보복이라고 생각했지만, 기분이었을 뿐.

우리는 다행히 침대 세 칸을 배정받았는데, 이불을 털자 내 침대에 쥐가 들어 있었소. 우리가 조용히 라면을 끓이자 보글보글 쥐 떼들이 모여들었소.

가슴에 붙인 가루를 떼어 라면에 털어 넣었소. 동무1은 팬티 속에 붙여놓았던 가루를 실수로 바닥에 떨어뜨렸소이다. 울먹이며 말했소. 그리고 바닥에 쉬를 했소. 바퀴벌레들이 모여들었소. 대취타 군악들처럼. 함께 있었지. 화려했소. 그것이 뭐 달콤한 축제라도 되는 것처럼.

동무2는 캔 맥주 안에 가루를 섞었소. 밖에는 불꽃놀이가 계속 이어지고 볼만했소. 동무1은 자기 목을 그었소. 동무2가 소리를 지르자 집주인은 경찰을 불렀지. "여기가 좋겠어" 동무1은 미리 다 준비한 모양인지 일찍 숨을 거뒀소.

동무들은 내 꿈속에서 나가지 않으오.
타인의 꿈이오

얼씨구나. 기분이 좋지. 인물은 스스로 죽을 것이오. 빛이 파괴되는 건 아름답소. 포기 같으오.

동무들이 예전보다 더 늘어났소.

다른 나라에 대해 공부하고 공부한 걸 하나씩 가르쳐주고 문제를 내보고 쉬를 싸고 김이 나오.

최선을 다해 시원하오.

순무의 고백

본질이 기억나지 않는다.
구름과 나는 연결되어 있다.

천 달러에 팔린 도큐먼트 내 이름을 보았다. 양부모는 내가 필요했다. 쓸모 있는 인간이라니. 얼마나 기특한가.

어릴 적 내 꿈은 무였다. 매일 무씨를 먹었다. 단단하고 꽉 찬 야채가 되고 싶었다. 양부모는 나를 땅속에 묻었다. 죽은 동생과 함께. 내가 돌보던 동생이 죽고 나는 사라질 인물이다.
우리는 땅속에 감금된 것이 아니라
보호되었다.
나는 땅 위로 올라가
힘든 양부모를 위해
이렇게 말했다.
"편하게 하세요, 편하게요"

*

두더지처럼 땅을 파는 양부모에게

호미를 하나씩 주었다. 나도 양부모를 도와서 땅을 팠다.

그리고 가뿐하게 땅속에 들어갔다.

살인이 노동이 되어서는 안 된다.

"이왕 하는 거 즐겁게, 의미있게요"

죽는 일은 흔하니까. 흔한 일에 에너지를 빼앗기면 안 된다.

나는 머리카락으로 숨을 쉬었다.

내 머리에 둥지를 틀고 개미들이 성을 만들었다.

양부모는 동시에 임파선 암에 걸렸다. 피를 거꾸로 갈아야 할 때마다

내 무덤으로 왔다. 그리고 몇 번 구르다가 고통을 호소하고 돌아가곤 했다.

나는 양부모에게 땅속에서 책을 읽어주었다.

하지만 양부모는 내가 있는 곳과는 멀리 떨어진 다른 곳에

이주되었다.

다시 얘기해보자. 순무가 되어버린 아이, 혹은 탈억제에 대해

순무를 뽑으려는 호랑이가 있었다. 호랑이를 잡아끄는 까치가 있었다. 까치를 잡아끄는 뒷동산이 있었다. 뒷동산을 끄는 태양이 있었다. 태양을 삼키는 밤이 있다. 자유 본능, 다른 얘기, 무가 되고 싶었다. 부드럽고 알찬, 시체로 살아났다. 무 한 토막이 되고 싶었다.

*

지상에 나와, 그때 처음 본 것이 비였다. 빗물은 표현에 집착한다. 줄기차게, 촉촉하게, 소리를 동반하거나 무게를 채우거나 범람과 범위를 넘나든다. 비는 창가에 글씨를 쓰고, 비는 고체들을 건드리고 비는 순무를 자라게 한다. 비는 시의 주석과 참고 문헌과 시적 주체를 밝히지 아니하고.

비는 모든 난간의 각주들을 지우므로 비는 쓸모가 있다. 비는 축약되는 세계를 그대로 보여주며, 비는 맑은 날을 향해 인내하다 터진 세계이며, 비는 썩 나와 잘 통한다.

Ep. 재채기로 태어난 아이

겨울에는 하품을 빌렸다

쫀쫀한 스파게티 면을 끊어 먹으며 신나게 달리는 피겨 선수에게
도약은 최고의 자연미라는 것을 배웠다

싱그러움
아롱지다
못마땅해
이렇게 졸졸졸 시냇물이 흐른다

주차장, 버려진 구석
재채기로 태어난 아이에게
알루미늄 포일로 체육복을 만들어

그런 다음에 도토리헬멧의 색상을 풍부하게, 민트에서 진한 민트로, 덧니를 볼 때면 광부들의 동작이 생각난다 반짝할 때까지 캐내는 것, 입천장의 상상력이, 노래가 밀어내는 고전적인 선서라고 의심했지만

겨울에는 택시를 불렀다

저장과 같은 것으로 국가 폭력을 고민했던 만수와 무강이에게
위로 위로 자라나기, 승부의 자세로 연습하기

구름의 고인 침을 닦아주며
아직 세 살이 되지 못한 우리의 실패들
있다왕자를 꼭 끌어안고 재워주기, 목가적 도래로

광물의 생산을 수염으로 달고, 캐는 것, 보석이 나타날 때까지, 빠삐코는 입구에서 갈색 땀, 갈색 땀, 우리 같이 훌륭해지자

바코드 슈크림
찬사들
절편을 소중하게 잡고 어부바하는 것, 웃게 하는 것, 내가 좋아하는 뫼, 생명과 진화

겨울에는 도톰했다

미래 사업 보고서

솜사탕과 성화를 들고 산맥에서 미래를 팔고 있습니다. 스키 타며 내려갈 때 〈순간의 옳은 결점〉 캠페인 글자가 나풀댑니다. 남은 시간을 원하는 미래로 바꿀 수 있습니다. 나비는 인간이 되고 아기는 기계를 사랑해요. 구리는 국수가 되고 신발은 우주선이 됩니다. 더 슬픈 쪽이 악해지므로 독주는 세상에 가득합니다. 구름과 강을 들고 산맥을 내려갑니다. 보드는 움직여요. 현재는 캠핑 중입니다. 사업을 하고 있습니다. 이익은 더 솔직한 쪽으로 동참합니다.

쓰러져가는 독자와 독점 실험실

새는 이렇게 선언할 수 있는 것이다
철렁거리고 깊고 짜고 생명체 가득한 곳에
알을 낳지 않으며
진주 한 알 숨기고
뱀장어로 그것을 찾는 일

사랑하는 여인은 멍하니 밖을 본다
다리를 꼬고 서서
더 일찍 만났다면
인공지능 새를 본다
어디서 지낼까
어디에

새의 꿈은
가수가 되는 것
슬로베니아에서
취직하고
아이를 낳고
기형을 수정하며

모든 시작을 버리고 돌아오는 일

좋은 것만 건져 돌아오면, 우리가 일찍 만났다면 어땠을까, 새는 하늘의 총체성을 원하지 않으며 소리에는 아무 의미를 부여하지 않으며 비극적인 멸종

새는 코트가 되었다네 인공지능 새의 영역은 제한되어 있다 사랑하는 여인은 멍하니 밖을 본다 난간에서 뛰어내린다 환각은 과산화수소로 인공지능 새를 닦는다

사람과 염소

쉬지 않습니다

모친은 베이징 광장에서 위조지폐를 흔들며 죽어가고
나는 매애애 매애애 소리를 내며
모국으로 돌아왔다
드라마
각각의 인물은 충돌하며 움직이고
광고
대중적 혼돈을 일으키는 사업주를 기대하며
영화 빠져나가고
개는 멍멍 거북은 엉금이라고 할 때
청각이나 감정 타성에 빠진 호수의 표현을 따라
중심이 전개되는 것을

모친은 베이징 광장에서 위조지폐를 흔들며 재채기를 하고
나는 죽은 염소를 안고
내장을 빼고 죽은 염소의 몸 안으로 들어갔다
드라마, 광고, 영화, 다큐에서

가축은 동물원 울타리 밖에서 위조지폐를 흔들며 살아갔고
가령, 용서, 원망, 죽도록 싫음, 계속 나타나면 죽여버릴 거야,
이런 애들을 찍어대는 조감독이 되고자
나는 매애애 매애애 스스로 놀이동산을 찾아 우연히
퍼레이드

반짝거리는 화장과 긴 다리, 망사 스타킹, 한 번도 만난 적 없는 모친이 거기서 다리를 쭉쭉 뻗으며 리듬을 맞추고 있었고
다리를 돌려 차며 원을 그리며 리본 춤을 추고
베이징 광장에서 나는 위조지폐를 팔며 수갑을 차고
매애애 매애애 사사감독을 따르는 염소가 되고자 다짐

레몬이 아닌 것

잔디가 깔린 야외, 하얀 테이블, 정장과 음악을 위생적인 설정이라고 하자
당신은 다른 이와
민어와 로봇을 얘기하고
꽃을 선물 받고
살과 피부

당신은 다른 이와 몰래 손을 마주치고
민어와 오토바이를 얘기하고
덜렁거리는 얼굴과 수다와 시끄러움, 지루해져서 미끄럼틀을 설치한다고 하자
사랑과 혼돈, 사랑과 돈육

당신은 꽃을 다른 이에게 선물하고
내 방에서 3333
그릴 위에는 새우와 고기와 버섯이 있다 익으면 뒤집고
익으면 뒤집고 당신 대신에 다른 이의 손을 잡고
그릴 위에 올려준다

(너무 셔, 너무 셔서 돌아버리겠네, 너무 셔서 좋아)

다른 이의 손이 타버렸네
빨리 뒤집지 않아
레몬 슬라이스 치즈 슬라이스 참, 사과 슬라이스도 있네
라텍스 신화에 따라 편하고 부드러울 것

당신과 얘기를 나누지
벨벳 롱부츠와 곰보빵, 희한한 문법 시간
정리되지 않은 것, 그럴 필요 없는 것

낯선 기술이 필요, 입에서 자꾸 알파벳이 나오면
당신 목에 걸어둘게
구운 새우에 레몬을 뿌리고, 적나라하게 물어볼게,
미안해 그릴

삶

어떻게 하면 동글동글한 너의 도전에 다리를 걸어 자빠지게 하고 영원한 로맨스를 핏발 선 밀대 훈련 사관학교로 보낼 수 있을까 나는 그것을 상대하려 분석하는 중

V
또렷이 별걸

이피게네이아: 그러면 자네 아버지와 다른 사람들은
자네를 어떻게 부르곤 했나?
오레스테스: 그들은 모두 '바람이 삼켜버린 불운아'라고
부르곤 했지요.
— 에우리피데스, 「타우리케의 이피게네이아Iphigeneia in Tauris」

그러려면 신파에게 자격증이나 따라고 말해줬다 우리는 우주를 꿈꾸며 땡땡이 셔츠를 나눠 입었지

이윽고 근대가 초감정을 삭제했을 때

청설모는 은행알을 차곡차곡 모아 겨울을 저장하고 있는 것을 보여주고 싶어 했는데 햇빛이 풀을 창작하고 사람들이 여전히 패를 지어 패기를 선보이고 싸움을 걸 때 혹은 교묘한 작전으로 고린내를 좋아하게 만들어버릴 때 늦가을 쌍두마차 감정을 보이면 프로가 아니라고 전봇대 심으면 뽑고 전봇대 심으면 뽑고 탈모 현상 견디고 싶어서 풀을 심고 풀 속에 방아깨비 뛰어다닐 때 나는 어느 한 세제를 섬기고 존경하게 되었는데, 정성이 뒷받침되고, 또 늦가을이 되고, 우리는 우주 저 멀리 사라져가는 행성 하나를 보며

중간 연구

제로미로간파와 사사감독은 인공지능 새 〈이순신〉을 받아주자고 결정했다. 만나기는 부담스럽고 괜히 궁금한 여름에 실컷 뒷담화를 나누면서 캔 맥주를 마시던 저녁을 기억하지 말기로 했다.

인공지능 새 이순신은 자동차를 좋아해서 자동차 모델명과 사연을 줄줄 외우고 다녔고 자원이 떨어진 행성에서 어떻게 해서든 자동차를 움직이게 하는 능력을 가졌다. 기름을 넣는 구멍에 죽은 딱정벌레를 넣자 자동차는 바이오 외치며 시동 걸었다.

둘은 앞으로 이순신을 어떻게 훈련시켜야 할지 까마득했지만 금세 방법을 찾았다. 제로미로간파는 새로운 자동차를 계속 수입했고 사사감독은 자동차처럼 빠르고 안정감 있게 달렸다. 셋은 서로가 좋아하는 것을 돕자고 했다. 이순신은 다른 사람들의 설명은 듣지 않았다.

새로운 기술 시대의 힘과 크기

누나는 도톰한 버선을 신더니 흥얼거리며 나가자고 했다

조선 시대 역사는 국가에 대한 명중과 집중, 그 생물학적 곤두섬은 시간을 초월할 수 있다는 생각을 하게 만들었다

권력을 몇 개로 나눌 수 있을까
무지개똥과 꿀똥

누나는 나비와 사랑에 빠져 꽃밭을 낳았다

비녀와 옥반지 빈혈과 목줄
누나는 비단옷을 입고

야외에 21세기 스티로폼을 묶어놓고 양궁을 즐겼다

금융 시대, 딸기주스

변화를 위해선 몇 개를 잃어야 하고 내면 출혈을 감당하고 냉동 물체를 물고 있어야 한다 모든 이동 수단은 사라질 것이다 복잡한 사건과 순수한 결과, 사사감독(사귀고 싶은 사람, 사사로운 철부지, 44를 못 입는 사내)의 작업이 끝나고 거기엔 몇이 남았나 왜 나오지 않나 왜 외로움엔 속눈썹이 없나 혼자 있겠다고 하고선

원형 F

모닥불 멍하니 보다가 쓴 편지예요

"RX-03H 훌쩍 훌쩍 나나는, 이제 필요 없어요?"

어느 고을에 나의 서방님
이제 시작합니다

항문에 풍선을 끼우고
둥실 떠올라요 빨강 파랑 노랑

내가 가진 모든 에너지

입버릇처럼 말했던
꿈을 발현하여요

쐐기풀과 전깃줄을 꼭 잡고
나나는 날아갑니다

그 털실을 치워주오

여보 너는 옥상에 있다. 맑은 여름에. 정상적인 것은 이것뿐이오.

잘못과 진로, 이런 것을 나무라고 할 때. 아니다. 새의 잘못과 진로. 울다가 지쳐버린 구절. 이런 것을 맹목적이라고 할 때. 아니올시다. 맞다. 기다. 대장경을 어디서 봤소.

배려 없이 두피 건강에 노력하겠습니다. 새기는 기술.

선비가 꽃을 심는다. 손바닥에. 반복이 예술이 된다. 반복이 밥을 주고, 반복이 빗으로 머리를 치고 있소. 생각의 리듬으로, 나른한 텐트 속에서 환풍기를 끓인다.

우리에겐 새로운 구조가 필요하고
라면도 필요하고
수프도 우쭈쭈

증오 허무 사랑 정열, 이런 것들이 뜨겁게 불어 터져서
그럼 어떻게

여보 너를 가질 수가 없는데.

장어 한 번. 멍게 한 번. 장화를 한 번. 승마를 두 번 하자.

표피에 힘을 주오. 그 할망구 같은 것. 모습에 지팡이가 필요하오. 냄새나고 말 많고, 꼬부라진 것. 죽으면 초라한 것. 부끄러운 나의 보호자. 엉망진창. 엉터리. 엉덩이. 귀에서 계속 다리가 나오고 있소. 끊어지지 않고 계속.

이 도시엔 나무가 하나도 없는데, 여전히 모시조개와 창백하구려.

숨을 쉬고

돌아서 가시오.

주제를

소유하오.

뭐라고 제발이라는 꽃을 알고 있소. 소시오패스. 향기

도 빛도 없소. 다시 말하자. 그런 꼬리를 알고 있다. 귀에서 다리가 나온다. 다리를 벗긴 스타킹도 나오고 있소. 탁구대와 차가운 구절을 깨우며 나무가 보고 싶어. 글썽이며.

열바람을 편집하겠습니까.

~~우쭈쭈~~

여보 너는 철판 바닥에 앉아 정상이 되고 있다. 시럽이 보인다고 했다.

*

새벽을 멋지게 먹고 싶소.

안락한 거처에서 물방구와 물방개는 다른 말투라고 읽었습니다. 그러니까 지난 얘기는 하지 않을게. 다시 캐릭터를 설정. 큰 집을 양보하셨습니까?

정류장이 다리를 물고 있소.

우리에겐 새로운 구조가 필요 없다고.

맹세하지 않았소.

멧돼지의 너무, 멧새의 나무, 내가 꿈꾼 것은 하나,

섬기는 기술.

장어 하나 멍게 하나 승마하자.

백 번을 떠올리며, 머리 빗는 선비를 떠올리며, 선비를 기다린다. 꽃이 선비님이 되는 판에서, 통제 시스템. 전세 같은 것, 여보 너의 귀에서 계속 다리가 나온다.

잠시만 찢을 차례

옥상 위의

볼링공에 대해 얘기하곤 했습니다.

손가락 넣는 곳을 묻지 않았지. 물질적 거대함, 아이오딘 앙금,

걸음을 거두길 바랐다.

혹은 신경 차단, 끝내 인간이 되기 싫은 것.

후추 옆에서

정확한 발음으로 형, 분위기 깨서 미안한데 나는 지금 춥고 배가 아프거든 일어나면 다리에 쥐가 날 것 같아

검토 확인을 추진하는 바이다
붉어지는 토마토
해 질 녘의 사회
모두 함께하기, 슬립오버, 똑딱똑딱
우리 집 고무공은 십자드라이버를 보면

허위 사실, 허파와 위를 존중하는 마음
물고기에게 물안경이 필요해 가을 겨울, 가을이 겨울을 밀어내는 마음

형은 부추를 먹는다
각본을 쓴다

마늘과 마누라와 빳빳하고 눈부신 목표를 생각
자발성으로 하기 싫어, 노끈을 빌려줘
동아리를 신청할 때는 비번이 필요하고

구름에게 지팡이를

키의 발표와 기자 간담회
—연설과 험담의 모든 극시

관찰자 키는 계속 미뤄왔던 프레젠테이션을 했다
녹색 광선이 50개씩 연달아 있는 곳에 정착하고
안전한 장소를 찾았다
목소리를 가다듬으며

"저는 호기심과 직감만으로 여기까지 오게 되었습니다"

그리고 솔직히
어떻게 하면 우리의 주장과 연설이
귀여워질 수 있을까 고민했다

너무 귀엽고 황당해서
추가와 뒷받침하는 말이 없도록
제대로 된 끌림을 창의성이라고 생각합니다

계속 듣다 보면 놀리는 것이라고 생각할 수 있다
커튼의 의도는 어둠을 만드는 것이 아니라
짜잔, 까꿍의
세계를 접는 것입니다

소위,
우주는 노인정에서 제일 어린
인조 자라 방향제는 아닙니다
소위,
지구는 제 것만 잘 챙기고 이제 더는 없어
하는 빵덕어멈의 사마귀는 아닙니다

제가 왜 이러지요? 통제, 통제합니다
우리가 상상도 못 할 생명체가 여기 존재합니다
이런 것이
미래가 아닐 것이라고 생각했습니다
의도적으로 이론과 가설을 뒤집으려고 하지 않았어요
다시는 이 자리로 돌아오지 못할 것을 알고 있습니다

기자들은 바닥에 앉아 관찰자 키의 발표에 집중했다
코와 귀와 입에 연결된 호흡 정면 기계를 장착하고
빠르게 받아 적었다

"이곳은 무행성8과 노행성23 사이에 존재합니다
이곳의 모든 생명체는 우리가 지구에서 경험했던
사건들로
그래서 이곳은 사실로 가득한 곳
하지만 제가 행하는 모든 연구와 결과를 의심하는
분들이 많다고 하기에 이 자리에 서게 되었습니다"

기자들은 손을 들었다
관찰자 키는 조수를 시켜 잠시 중지하라고 했다

"궁금한 것이 많으시겠지만
잠시만 기다려주십시오"

하지만 기자들은 참지 못하고 질문을 해댔다

간장종지:
저는 아이스킬로스에서 나온 기자입니다, 왜 영역을 넘은 것입니까? 왜 그 일을 멈추지 않고 더 넘치게 저지

른 것입니까?

차렵이불:

하필 여기에 관찰자 키의 업적을 남기려는 이유가 있으십니까? 고양이 밥은 주셨습니까? 발가락 때는 언제 벗기셨습니까? 그 과일을 먹어본 적은 있으십니까?

만리장성:

백댄서는 왜 해고하셨습니까? 관찰자 키는 가수도 아니고 뮤지컬 배우도 아닌데 왜 댄서들을 단체로 끌고 다녔습니까? 그 과일을 키우는 일이 그렇게 중요했습니까? 사람들은 이제 몇 명 남아 있지 않습니다, 가족 같은 건 사진에나 남아 있는 이야기이고, 인간은 시체에서 에너지를 얻어 자신을 복제할 수 있습니다, 그런데 관찰자 키는 왜 자신을 복제하지 않으셨습니까? 그럼 문제가 더 쉬웠을 텐데요

관찰자 키는 물을 마시고
잠시 정지

몇 분간 침묵했다

네모난 투명 과일 하나를 보여주며,

“여러분이 궁금해하는 것은 이것입니다, 이것은 우리를 상냥하게 만듭니다, 인간의 수보다 이 과일의 양이 많아지면 우리는 션행성1호를 차지할 수 있습니다, 그리고 인간은 더 이상 울지 않을 수 있습니다, 제 연구 목표는 이것입니다”

또 다른 기자가 물었다

폴라로이드:
결국 사람들은 이미지로만 남았습니다, 사람들은 기억을 외우려고 합니다, 궁금한 것이 있는데 왜 이 일을 시작하게 되었나요?

관찰자 키는 날아다니는 의자에 편하게 앉았다

“좋은 질문입니다, 제가 태어났을 때, 형이 제 목을 졸랐습니다, 어린 저는 아무것도 할 수 없었습니다, 오로지 호기심과 직관만으로 일어난 사건이었습니다, 형은 세 살이었으니까요, 뜨거운 다리미로 형 얼굴을 눌렀습니다, 형은 고통으로 소리를 지르며 괴로워했습니다, 형은 눈 코 입이 없습니다, 그리고 자신의 죄를 생각하며 매일 울었습니다, 그때부터 눈물이 없는 행성을 찾아다녔습니다, 저는 형이 안타까웠습니다”

관찰자 키는 세 시간 후에 제로미로간파와 약속이 있다
남은 이야기는 다음을 기약하며
관찰자 키는 과일 질문들을 박스에 하나씩 담음

네모난 투명 과일에 날짜를 씀
기자들이 투명 과일 안에서 한꺼번에 웅성거렸다 “허무해, 너무 짧아요!”
관찰자 키는 버튼을 누름

침대와 침

문장의 야만을 겁내지요.
21세기 전쟁은 단조롭고 결과는 단순합니다.

지방경찰청에서 나온 아침은 아늑했어요.

구구단으로 고문받았습니다.
별이 모릅니다.

범인을 연기했지요.
범인은 침착하고 목표가 없습니다.
범인은 말이 길지 않습니다.
범인의 시를 씁니다.
상황을 설명하지도 못할뿐더러 이유는 귀찮습니다.

문장의 더러움을 겁내지요.
후장 공장에서 일했습니다.
돼지 꼬리 밑에 항문을 팠습니다.
많이 먹지 않습니다. 흘리면서 먹을 뿐입니다.

저것들은 기아가 아닙니다.

아동용 칫솔은 작고 양말도 작습니다.

작은 것을 유괴했습니다.

작은 것을 보호하려고 하였습니다.

먼저 큰 세상을 체험합니다.

야성을 겁내지요.

뙤약볕의 채소를 먹습니다.

뒤에서 봅니다.

손을 감추고

지저분한 문제를 존중합니다.

클래스

또 잘린 밤을 연결합니다

모차로는 집에서 기르던 블라블라를 데리고 학교에 왔다. 블라블라는 어느 날 모차로 집에 벨을 누르고 들어왔다고 한다. 비를 홀딱 맞고 재밌는 옷을 입고 그날이 핼러윈 데이도 아닌데 사탕을 달라고 했다. 사탕을 주지 않으면 모차로의 피아노를 폭발시키겠다고 해서 쪼다 멍충이는 겁먹고 블라블라를 책임지게 되었다. 블라블라는 2035년 엔돌핀 섬에서 태어났고 남색 점액질로 이루어졌다. 빛을 보면 얼음으로 굳기 때문에 온몸을 꼭꼭 숨겨야 한다. 블라블라는 겹겹이 쌓인 공책을 좋아했다. 내가 먹던 페이스트리를 뜯어 먹으며 블라블라가 말했다.

재능만으로 안 된다는 것
뭔 황당한 소리야?
가치 있는 걸
재수 없는 새끼
짜증날 땐 짜장면이야

니 주인한테 가

변환증권 들어봤지?

변산반도는

점심이나 먹자

변비 체질이야

두려움과 꽈배기 빙빙

엄마 젓가락 두 개 있지?

블라블라는 오늘도 내 옆에 붙어 앉아 하루 종일 이상한 소리를 떠들었다. 블라블라의 학업 성취도는 제일 높았다. 시험만 보면 다 맞았다. 아니 선생이 시험을 내기도 전에 미리 선생한테 문제를 짚어줬다. 그래서 우리는 블라블라를 살려둬야 했다. 모차로가 나한테 말했다. "터키 행진곡을 좋아했던 사람들은 다 낙하산을 타고 떠났어, 음악에도 주체가 있는데, 주체들은 수고가 많고 수줍음이 쩔지" 요즘 사는 게 심심하다고 했다. 시시한 사건들에 진절머리가 나고 선생한테 더 이상 배울 게 없다고 말했다. 그렇다면

오소리 부위나 제육볶음 양념하기

난 이제 그런 거 안 해

니가 죽일 사람들이 몇 명이지?

기록 같은 건 없다

플롯과 사색

플롯과 카섹스

상황을 강화, 겁을 줘도 살려달라고 하질 않아, 재미없지

그럼 이번 주 토요일에 장르에 대해서 의논하자

그래

브라보

모처럼 블라블라와 말이 통했다. 기둥 잡고 흔들어보기, 본드로 밥하기, 츄파춥스 콧구멍에 넣기, 땅콩보트 같은 애들. 코다리 같은 놈. 유치원에 돌아가기. 모차로는 교실 구석에서 소프트아이스크림을 팔고 있었다. 블라블라가 눈 뜰 시간을 벌어야 한다고.

말 많고 쉽게 흥분하는 인간을 58명 죽였고, 우등생은 없고, 다음 순서를 찾고 있었다. 선생이 들어왔다. 모

차로와 초면이었다. 선생은 인조 거북. 1년 묵은 거북. 백년 묵은 묵은지 냄새가 나고 등껍질보다 더 두꺼운 평가문제집을 질질 끌고 들어왔다. 거북 선생은 이미 화랑도 조직에서 탈퇴했으며, 페르마타 페르마타를 강조하며 발성 연습을 시켰다.

우리는 꼬끼오 대답하며 소프트아이스크림을 먹었다. 우리는 여름에 변기통 클럽에서 다시 뭉치기로 했고 준비물을 잘 챙겨 오자고 약속했다.

인간 발달 사항과 mm

그래, 알겠어. 당신 말이 맞을지도 모르지. 저녁엔 물을 마셨다. 인간들이 사는 곳을 바라보며.

이 이야기는 세계를 보호하는 것도 아니며 비판하는 것도 아니야. 이팝나무가 나란히 있는 언덕을 돌아, 세번째 길목 위에 동굴이 있다. 입구는 낮지만 들어오면 나가는 길이 보이지 않을 만큼 끝없이 어둡지. 조용히. 정체를 들키면 이유 없이 공격을 받거든. 내가 사는 공간엔 보라색 고드름이 달려 있고 울퉁불퉁한 벽 사이에 작은 수정들이 있어. 저기, 소년이 걸어온다.

이 동굴만큼이나 까맣고 작은 애야. 우리는 동굴 안에서 걷다가 우연히 마주쳤지. 정말 놀랐어. 인간이라고 생각지도 못했지. 소년은 여승이 운영하는 절에서 살아. 그 절엔 두 명의 여승이 있고 한 명의 보살이 있어. 소년은 어디 멀리 외국에서 날아온 씨앗처럼 단단해. 한국말을 하긴 하지만, 우리나라 민속이나 전통은 잘 모르지. 그 절에서 심부름을 하고, 두부를 만들거나, 풍경이 흔들리는 곳에 서 있곤 해.

명절이었지. 인간들의 풍요와 계속을 기념하는 시간. 소년은 온몸이 찢긴 채로 올라왔어. 그 절에서 연희라는 여승의 말을 아끼고 천사처럼 생각하지. 연희는 소년에게 심부름을 시켰어. 연희는 동네 사람들에게 두부를 돌렸어.

평범한 두부가 아니었지. 두부 속에는 피부가 가득했지. 연희는 동네 개들을 잡았어. 목을 잘랐지. 혀를 빼고 눈알을 팠어. 연희는 부처의 상에 개의 피를 뿌렸단다. 소년은 연희를 떠나게 도와줬어. 하지만 연희는 죽었고 동네에 큰불이 난 것 같아. 안정과 성장을 기원하던 가정들은 비단을 갖춰 입고, 절을 하고 돈을 나누더라. 기묘하게도 인간들은 그 절차를 소중히 여겼어.

소년은 연희가 쓰던 목탁을 들고 왔어. 소리는 인간들이 마음을 통치하기 위한 최초의 자연인지도 모르겠다. 소년은 말이 없어졌지. 이팝나무 옆에서 목탁을 두드렸어. 하얀 잎이 필 때도 열매가 생길 때에도. 소년은 가만히 있다가 사라졌어.

인간들이 사는 곳에 가까이 갔어. 난 총에 맞았지. 인간들은 위험한 동물을 구조했다고 떠들었어. 트럭에 나를 태우고 인간들이 멀리 떠났어.

"사냥을 떠나자, 계절이 돌아오면, 사냥을 떠나자"

어떤 이는 나에게 신성함을 느낀다며 절을 했어. 천막으로 나를 가렸어. 나는 다시 총상을 입었지. 나는 이유 없이 모든 공격의 대상이란다. 트럭을 타고 가며 보았어.

소년은 멀리 터널을 걸어가고 있었어. 소년은 말라 있었고 다리를 절었어. 다른 언덕엔 무덤이 모여 있었어. 인간들은 확실한 것을 따르니까. 인간은 몇 가지의 악질을 이해하고 다수의 선의를 보장하지. 나는 소리를 냈어. 소년을 만나고 싶어. 노래를 불렀지. 인간들은 위협을 극복해. 총소리를 들었어. 태양은 저녁에 물을 마시러 나가고, 우리는 끝없는 터널을 지나 완전하게 사라졌지.

s#. 약국과 외계인의 상업 활동

의구심은 긴 홍정이 필요했다
나는 과학의 발전이 시의 발전과 동일하다고 생각,
인간의 발전이 비인간의 발전과 동일하지 않다고 생각

그리고 그 외에 모든 것이 그 위에 있다

장면이 시작된다.

제로미로간파는
창밖을 보고 있다
우리는 여기서 헤어지겠지

Deep kiss
옳지,
난 얼굴을 구기며 춤을 춘다
두루마리 휴지 풀어서 몸을 돌리며
고개를 끄덕이며
그 모든 형식과 마음
자꾸 숨기면서 설정을 만드는

많은 분의 행동

획 내 이름 밑에

먼지

라는 타이틀,

깨어나는 게 부담이라면 빛 속에서 춤을 춘다

절도 있게 각을 맞추고

숨소리 낮추고 발을 높이 들어

허리를 돌리고 어깨를 들어

눈을 내리깔고 춤을 춘다

가끔 연락이 없고 사람들이 죽는다고 해도

최선을 다해 어렵지 않게 작은 동작으로

어떻게든 살아서

Inside us there is something that has no name,

that something is what we are

무서우면 내 꼬리를 잡아

우리는 지금

떠나고 있다

내 이름은 렉,
신체 중 두 군데를 수술했다
인공 신장 키트를 삽입하고
그래 너는 바닷가에서

돌고래들과 사랑을 외치며
혁명과 상처를 증명하며
과거인
과거의 사람들은 지나쳐왔고

우리는 어떤 사명감도 없이
지구를 벗어나고 있다

지구에서 더 이상 배울 게 없습니다

수진대교 밑에서
박카스 병으로 머리 맞았다

수진대교 밑에서
박카스 병으로 머리 때렸다

If I were in his shoes, I wouldn't go with them to the dance party

뭐가 더 아픈가

허벅지에 호치키스 박았다
허벅지에 나무 심었다
팔뚝에 연필심 심었다
참았다
이제 새싹이 돋아
벌도 나비도 온다

발명품은 이름이 된다 선배들한테 배운 거
화장실
땅거미
지독히

감자칩
소금과

어떤 지적인가

아저씨가 너희 아버지 때렸다
아버지가 너희 아저씨 먹었다
꼬리 치지 마
그럼 꼬리 잘라

그것만 하면 된다
그럼 지옥이 끝이다

펜치를 갖고 와
컴퍼스는 안 되니

뭐가 더 낫지
엄마는 남자를 잘 만났다

서정은 마음이 편한가
감정을 다 보여줘서
서정씨 무슨 견과류인가
감정은

손을 들어
지갑을 가져오면 풀어주겠다고 했다
센세이션 카네이션
머리를 밀고 연극부에 들어갔다
지구를 그렇게 시작했다

애국가 시험 보고 모국어 시험 봤다
나를 버린 엄마의 죄책감을 지워주려고
엄마 뇌에 칩을 박았다
그때부터 생물학자 되었다

오토바이 타고 다리 아픈 애의 몸을 지나갔다
누가 시켰다
여기서 누가는 나다

기차 타고 다리 없는 땅을 버렸다
그곳에 다시 못 가겠어

약 올랐어
엿 같애
열받아

It's time to stop your agonizing

약국이 아직 열었을 거야
약국에 가자
마지막 남은 곳에
약국은 지구에만 있어

제로미로간파는 구로역 간이 약국에
물품을 제공하고 있다 출세했다

우리의 승마가 준비되고

그 일이 너에게 중요한 일인지 몰랐어
피하기만 하면 된다고 생각했지
왜 네가 함부로 내 현재를 끝내라고 하는지
당혹스럽고 즐겁고 반했지

하지만 이건
세 살 때부터 훈련받아온 어느 피아니스트의 휘어짐
이야
고전이지
희고 물컹거리고 부드럽고 역술적이지

0. 벨벳 혁명이 암벽 정권을 무너뜨리기까지

F, T, X
직박구리가 하늘을 날아가며 말했다

삶의 주제는
"노출과 노련미"

마침내 여러분께 노출되었고 나의 고통은 이제 노련하시다

두부와 흥
두부와 부부
두부로 둔부를 후려칠 때
나는 고무 튜브를 끌고
종로 바닥을 기어 다녔다
힘차게 귀엽게

그러나 이것을 잠영으로 보지 말아주시길
두부와 아장아장
두부와 어떤 우거짐
두부로 본분을 후려칠 때
소방관이 와서 물을 뿌리고
소방관이 와서 지휘하고
소방관이 벽을 기어 올라갔다
빠르게 귀찮게

그날
고무 바지 망가져
벨벳 바지로 바꿨네
임시로

길 때마다
몸 아팠네
길 때마다
거리 아팠네

그러곤 땅을 선물 받았어

황홀은 잠시뿐
벨벳 바지에
돌멩이 박혔네
나는 평양직할시를 지나
남극 직할시를 지나
더 넘어 직할시를 지나

밀도 낮은 곳만 돌아다니네
밀도 탑에서
찬물에 포도주스를 얹을 수 있지
많이 해봤지
나는 엎드려 책을 보네
나는 지능적이다
나는 지지이고, 지구력이다
나는 지진이며
이 땅에서 제일 훌륭한 사고

1. 기사도 정신에 입각하여

참깨를 털 때 어느 기사가 된 것 같다
참깨를 털 때 힘주는 것과 힘 빼는 것과
박자에 맞춰
어디로 튀지 않게
산딸기 떨어지지 않게
중력을 해석할 줄 알아야 하며

중용의 마음을 간직해야 한다
어느 기사도 정신의 태도를 기리며
나는 성을 탈출한 백마의 콧김과 이빨들을 기억하며
대걸레질을 하듯이
가볍게 참깨를 털어야 한다
그리고 참깨를 짜는 일은 다른 이가 한다
그건 어려운 단계
91세가 되면 할 수 있는 일

내 꿈은 제일 쭈그러지고 비굴한 적포도가 되어
구석에 숨어서
엿처럼
민달팽이를
씹어 먹지
낄낄
웃다가 다른 목에
민달팽이 이사 가네

지금은 뒷모습 찰랑거리며 참깨를 털고 지내야 한다

참깨에게 맞은 적 없으며
북은 누가 치나
참깨 터는 곳에는 산딸기
산딸기 옆에는 대추나무
대추 옆에는 굶어 죽는 아이들
아무리 굶어도 배가 고프지 않다
겨울밤은 그렇다

2. 남은 것은 정치적 거래뿐

설명이 지긋지긋해서 설탕은 한꺼번에 쏟아지고 부스러기를 남겼나 보다. 남의 피를 빨고 순간을 살고 싶어 죽음을 택한 모기의 혁명을 존중한다. 잉, 잉, 오류, 오류, 꼬끼오, 꼬끼오, 따귀, 따귀, 모기가 닭 소리를 내면 안 된다. 중고로 오토바이 하나 샀다. 달릴 때마다 히잉 히잉 말 소리를 낸다. 녹음했다. 중국집에서 일하지 않지만, 철가방도 중고로 샀다. 배달맨처럼 달린다. 한 번쯤, 이렇게 해보고 싶었다. 오늘은 다른 아줌마에게 백만 원을 요구할 작정이다. 오늘 밤 꽤 오래 버텨주면서. 행복을 주면서. 철가방에 백만 원을 담아 끝없는 해변을 달리겠다. KFC아저씨는 65세에 세계 재벌이 되었다. 나는 어리고, 더 바삭하고 양념은 특이하다. 달릴 때마다 말 소리를 내는 오토바이와 엉덩이에 별 스티커를 붙인 아줌마를 위해, 영원히 존재해야 한다. 나는 이 세상의 모든 설명서를 다 찢었다. 팔목 아팠다.

3. 1차 면접

점프를 해보시오
유아성 자기변명을 하시오
오페라 배우들이 공연 전날 밤에 무엇을 하는지 물어보고 오시오
잘못해서 익은 양파를 먹는다면 무엇으로 변할지 야채 가게에 항의해보시오
불치병에 걸려 젖소들의 오줌을 먹는다면 끓여 먹을 것인지

얼려 먹을 것인지 결정하시오
나비와 새, 그 둘의 차이를 말해보시오
납과 씨, 그 둘의 공통점을 말해보시오
공동 책임과 공중목욕탕의 수익률에 대해 건축과를 포기한 개미들이
마지막으로 남긴 말이 무엇인지 찾아오시오
일어나서 앉는지
앉고 나서 일어나는지 결정하시오
겁쟁이 철학자가 "철봉에서 한 시간 버티기"를 명령할 때, 행운의 상징으로 무엇을 걸 것인지 그 광대한 의지를 밝히시오

4. 다시마를 사랑해

씨 마이너 음악들은 슬픔을 가지고 있고 슬픔에 전염된 인간이 어쩌면 천사들이 만들어놓은 모형이거나 악마들이 가지고 노는 김치 깍두기 짜장 짬뽕이라는 생각이 들었지만, 어찌해서 마구간을 탈출했고 나룻배와 구

레나룻, 이런 것은 우리들의 계급으로 상징될 터이지만 〈마에스트로〉 이탤릭체 글자가 적힌 양주를 마시며 운전 중인데, 나의 털은 금빛이고 강변의 빛들이 나보다 약하다는 것을 느끼며, 내일 또 있을 후배들의 교육과 생활습관 윤리적 제도와 법칙 들을 가르치고 시험 문제를 내고 결과를 내고, 벗어나고 싶어서, 운전은 인간에게 최대한 맞춰져 있고 액셀과 엔진 자동 온도 맞춤 와이퍼, 비가 내릴 때 자동으로 움직이는 그 와이퍼에 정신이 팔려 내 모든 털은 허물어졌고 온 생을 바쳐야겠다고 생각했으나 해변에 닿았을 때 보닛에 날아든 다시마 조각 부드럽고 곱고 고급진 다시마 젖은 다시마 외면했던 나의 사랑 하지만 이게 마지막 기회 나는 마에스트로를 마시며 달리는 중이다 수염에 술이 묻고 꺼끌한 턱을 그녀에게 비빌 것, 나의 속도는 내가 가진 전통과 역사를 배반하는 것, 그녀에게 고백할 것, 그녀에게 책받침 같은 존재로 희생될 것, 내 볼에 영원한 구레나룻으로 남아달라고, 그녀의 혀를 기대하며 당신을 위해 나의 모든 것을 포기했다고

5. 일요일의 세계

얼굴을 잃어 극단의 선택을 자처한 콩나물의 육체에
우리는 한 치의 고민도 없이 대가리를 선사했습니다
우리 군대는 오로지 정복이 목표이며
얼굴 없는 병사들의 에세이를 시작한다
어떤 회의는 기간을 선정할 수 있지만 의문을 잃어버린
야구공처럼 우리는 정해진 것을 나누었다
제가 평생 보여주고 싶은 고전은 그런 것입니다
『발길질』은 하나뿐인 책입니다
의학 책이나 누군가를 치료하거나 육체를 분석하기 위한 것은 아닙니다
그저 직선의 자세를 관찰하다가 쓴 것이다
위로받았습니다 생각지 못했습니다
뒷짐을 지고 한쪽 발로 모래를 찹니다
가볍고 작게 고민한다
우리의 경주가 나라를 버리고 나라를 얻게 된다는 것을 알고 있습니다
수평선이 쉽게 죽습니다

구하려고 우리는 달립니다
우리는 상류층 식재료에게 만족스러운 생명이며
우리는 첨단의 기둥을 만족시킵니다

배의 안쪽

숲속을 지나가요. 같이 있는 것으로 살 수 있으니까요. 털 속을 지나가요. 통과하는 동안 문제가 될 수 있지만요. 잘했어요. 숲속에는 무엇이 있나요. 물을 마시고, 일을 하고 싶을 땐 다람쥐라고 말하고, 일이 끝나면 다람쥐나무라고 약속해요. 멈출 때마다 그것이 목표하는 그날의 기억을 깊이 느끼며, 서로에게 먹여주는 시늉을 해요. 어쩐지 시원해요. 배와 같은 돌멩이를 반으로 가르는 손동작을 하면서 고요, 고요, 반쪽의 고독을 꿈꿉니다.

1인 판소리 곁에 작은 시

감동과 감촉,
감동은 속살에 속하고 감촉은 음,
음악이라고 할 수 있어요

아이가 싱크대 밑에서 스테인리스 냄비를 다 펼쳐놓고
두드리고 던지고 웅얼웅얼거린다 ㅋ피피피 ㅌㅎㅎㅎㅎ
Wqqqqq ㅉ……

이렇게 상상해보는 거 어떨까
조선 시대 마당에 둘러앉아서 우윷빛깔 아씨의 이야기
를 듣는 사람이 이런 심정이지 않았을까요
혹은 담장 밑에서, 1인 방송으로 요란합니다
사과가 하는 말,
연노랑 나의 속살은 사각거리고 달콤하고
내 살을 내가 먼저 맛보네요

느닷없이 좌담을 시작합니다
〈심술보덧니〉와
〈심부름꾼싫었니〉의 논의는 펼쳐지고

흥미 있게 우리는 아무나 이기기를 원한다
상황은 상황끼리 놀 테니

바깥은 느리고 우리는 바빠졌어
내일이라는 시궁창,
하지만 누구보다 내일을 사랑하는 나
이리 오너라, 여기서 엉덩이를 씻고 가요

역사가 기저귀를 벗는 날이 온다면 나는 더 바랄 게 없겠어, 성화를 올리고 북을 칠 거야, 불안감, 죄책감, 비루함, 이런 아가들에게 색다른 이유식을 준비하겠어요

자, 1인 시위를 시작합니다

골동품, 별똥별, 순식간에 나는 억울합니다, 꼬집어주세요, 어떤 현실입니까
꽃길마차 사거리에서 선물 받은 소고기를 도둑맞았어요, 아니 더 정확하게 생사 확인도 못 했는데, 죽어버렸습

니다, 그녀를 먹을 수 없어요, 불을 켜고 빛을 준비함, 그녀의 이름은 〈채끝살〉 나는 이 여인에 대한 사연을 시작해요

모든 순간이 완벽할 수 없는 것처럼 감정의 모피를 벗습니다

무엇을 숨기려고 이렇게까지 일찍 떠나버린 것일까요

계급주의 사망, 소시민은 분노합니다

그녀의 계급이 좋습니다, 그녀의 소시민은

뽀로로와 거란족과 버릇없는 짱구와 내지르는 목소리,

태초는 작은 북을 치면서 작은 방에 들어갑니다

그녀의 육즙은 민주적입니다

붉은 피를 흘리며 골방에서 골수를 아꼈습니다

산소를 모으는 심정으로 이 편지를 읽고 있습니다

ㄹㅆㅆㅆㅆㅆㄴqqqqqqqq

어쩌겠어요

세상의 모든 첫번째는 어리숙하기 마련이지요

다음은 1인 판매

뚱땡이 사장님은 집으로 돌아가시고, 요즘 시대에 이런 말은 조심할 것, 다시, 마음이 뚱뚱한 사장님은 저세상으로 돌아가시고, 억울한 심정으로 문 닫은 가게 앞에서 어제 남은 빵을 팔고 있습니다, 시급을 받을 데도 없는데 여기엔 식빵도 있고요 크림빵도 있고요 호두파이도 있어요

그러나저러나 지조를 지키고 지성을 지키기 위해 일을 해야 하고 내 애인 〈채끝살〉에 대한 사랑을 증명하기 위해 여기서 소리칩니다, 어디 가서 둘러보십시오, 우리 집보다 특별한 곳은 없습니다, 나는 오늘 이걸 다 팔아야 하니, 양반님들, 선생님들, 남은 일을 저에게 다 맡기시고 특별전을 겨울밤과 연계합니다, 혹, 예기치 못한 사건과 개구리를 만났다면 너구리 빠구리를 생각해주세요, 문제 해결은 그렇게 진행된다

최종 목적지 1인 탄수화물

내 인생을 대표하는 간판은 첫사랑, 짝사랑, 찍찍이 애교, 절대적인 기적입니다

불러 모아봅니다
내 껍질을 고이 깎아
새로운 길이 되어보겠습니다, 혼자 뱅글뱅글 돌아봅니다
이유를 이어주세요
내가 만났던 이들은 찌질이 머저리 지렁이와 지층 노예
하지만 그들의 존재를 밀어주고 싶어요
라이브 방송을 보고 있는 관객들과 채팅을 합니다
리액션의 결과

비대면 공연의 부질 있는 소리꾼들
항쟁과 혁명에 고추장을 볶습니다
방패로 생각하며 싸움을 시작합니다
저항과 저질, 필요하다면 모든 걸 사용하겠어요
내가 가만히 있으면 참해 보이지만

진짜로는 더 참해, 구지가 흥부가 놀부가 춘향가

풍자는 그런 것이죠, 주인공이 필요합니다

피둥피둥

핀둥핀둥 놀면서 잡배가 되고 싶어요

팬케이크와 엽차를 마시며 컵케이크와 옆차기를 하면서 나는

시정잡배가 되고 싶어요, 그리고 머리를 깎아대는 사람들을 참아내면서 지독하게 지겹다, 참외가 소리치지요, 말하고 싶은 게 있다

하지만 용서해요, 우리는 그들의 가능성을 알기에

두 손으로 뜨거운 금덩어릴 쥐고 있는 우리 아씨의 두 귀를 살포시 잡고서 입술이 물러지도록 두 눈에 뽀뽀를 해댈 겁니다

겨울 장갑: 녹차라테가 돌아가는 방향으로 너는 쓰러졌다

조립되었다. 다리와 머리를 끼우고 일어서게 되었다. 태엽을 돌려주면 같은 소리가 반복된다. 피곤하지도 않고 울지도 않는다. 사람들은 바람이 적은 날에 비행기를 타러 갔다. 새것이었다. 무엇인가에 의존해서 움직이지 않는다. 멀리 가서는 안 되며 동행할 물체는 정해져 있다. 턱선이 분명한 얼굴은 일렁이는 코트에 포함된다. 한쪽 팔이 빠져도 살 수 있고, 볼링 핀이 쓰러지면 그 옆에 누우면 된다.

회전하는 편지

한없이
삶은 아무 조건 없이 잔인하다는 걸 느꼈어
기꺼이 오래
위태로웠지
그건 영원에 닿기 위해
계속 생명이 죽음을 연습하거나

인간 심화 비물질 합성
관념들의 절대성
영혼을 얻기 위해 전부를 버리는 일과 같아
사파이어 나무야
원하지 않으면 사라져도 된단다

1. 인간 심화

後
"목표를 버리면 살아났어"
노래들이 말했다

비가 내리는 날은 그러했다
농도 짙은 소리와 습기와 우산과 손의 호응
키스와 침묵의 효과
주인공이 없어도 멋진 풍경

기도가 없는 성당은
진짜로 천국 같아
안나가 손을 모았다

세번째 아기를 지우고 안나는 덤덤했다
야마하는 안나를 옥상에서 데리고 놀았다
안나가 울면 야마하는 계속 웃었다
원래 그렇게 하는 거라고
안나의 교복이 더러웠다

진정한 리더십은 세상을 이끈다
총명한 것들은 스스로 자신이 무엇을 해야 할지 안
다고

희망이 살인을 대신하고, 결혼식장 인물들의 병렬 구조, 안나는 미모의 고모를 시집보내고 약을 시작했다, 안나는 공연 때 트리가 된다고 했다, 우리는 공연에 필요한 물품을 구해야 했다, 뺏긴 것을 다시 돌려와야지, 식욕엔 전율이 있다, 당무는 일을 다시 하자고 했다, 근질거려 못 참겠어, 피가 나도록 긁어보자, 육질이 벗겨지도록, 캬, 당무는 마른 오징어를 씹으며 말했다

브래드는 개를 데리고 왔다
동그랗고 바보 같은 표정이 귀여워서
개의 입속에 개미를 넣었다

뭐 하는 거야 병신아, 실은 브래드가 화내는 걸 보고 싶었다
개도 필요하대, 살아 있는 게
지랄 마, 오늘은 내가 참는데…… 화풀이하지 마라

니가 뭘 알아?

나는 브래드의 개를 던졌다

브래드는 그날 맥주병으로 내 어깨를 그었고
나는 개를 주워 왔다
치료는 됐어

우리는 저녁 내내 개를 지켜봤다
당무는 개에게 생수를 뿌렸다

혼자 다녀올게, 나는 편의점에 가서 물건을 구해 왔다
브래드는 개를 안고 있었고
나는 조용히 앉아서 츄파춥스 막대 사탕의 껍질을 벗겼다
당무가 물었다
학교는 미련 없어?
어
당무는 브래드에게 물건을 가져오라고 했다
개는 한쪽 다리를 절었지만
다시

계속 개처럼
낑낑
혀를 내밀고 본분을 다했다

전율과 고통과 슬픔이 비슷한 맛이라는 걸 안다
우리는 신나게 짜장면 그릇을 비우면서 학습했다
야마하가 자신이 아버지가 된다고
한턱 쏜다고
짜장면을 셀 수 없이 가져왔다
우리는 까만 소스를 얼굴에 묻혀가며
헐떡거렸다 진짜 죽인다
우리는 짜장면을 마셨다
"어 근데, 갑자기 생각 바뀌었어"
이딴 건 내가 아니잖아
야마하는 우리에게 짜장면을 처먹이다가
일하는 안나를 끌고 와 바닥에 던지고
발로 찼다
나는 야마하 얼굴에 먹은 짜장면을 다 토했다
형 미안, 내가 눈깔이 삐어서

나도 양파 조각 되도록 맞았다

그리고 싸움은 비슷한 색깔과 지휘로 뭉쳐져 있다는 것을
무료 관람, 미술관 뒤뜰에서 알게 되었다
우리는 "본질의 아카이브, 동서양 팬티의 역사"라는 제목이 좋았다
크크 팬티의 역사래 낄낄거리며 나는 다리를 흔들었다

하지만 휴관이었고 들어갈 수 없었다
우리는 웃다가 쓰러졌다
휴관이래 시팔, 휴관이 뭐야, 우리도 휴관하자

경찰과 버스와 벽과 투사들이 몰려들었다
꽤 화나 있었고 진지해 보였다
어느 날, 안나는 말하지 않았던가
진지한 건 오만한 거라고
그래, 오만한 덩어리들이 총을 쏘고 때리고 죽이고 있었다

혁명과 혐오를 외치며
우리는 그들 중 제일 멍청하고 선명해 보이는 애가
작은 가방을 떨어뜨린 것을 목격한다

가방 안에는 〈사라지고 중독〉
이라는 가루가 있었다
우리는 그 가루를 훔쳐서 존나게 뛰었다
아무도 못 봤다 모두들 진지한 척 오만한 척하느라
코치·노동·투쟁·평등·몰이해, 이런 것들이 모자를 벗고
비범함을 드러냈으면 좋겠다 다음 생엔 단어가 아니라
문장으로 태어나시길
무엇이 그들을 움직이게 하며 증상은 무엇을 긍정하려고
밤새도록 우리는 츄파춥스 껍질을 깠다

당무는 실험이 필요하다며 손가락에 가루를 묻혀 먹었다
또라이 새끼

느껴봐야 할 것 아냐
니가 어떻게 알아 여자도 아닌데
그거나 이거나 같겠지
당무는 귀엽다

피곤한 브래드는 개와 좀 편해져갔다
나는 브래드에게 괜찮냐, 하고 물었다
안 괜찮다 새끼야, 브래드는 웃었고 우리는 괜찮다는 뜻이다

2. 공동의 사연 혹은 긍지, 있지, 갔지

고밀도작업
껍질 벗기고
묻히고
다시 껍질 붙이고
접착제로 마무리

우리는 능력이 많다 악마의 능력은 뭘까
삶을 좆 빠지게 매달리게 하는 비법
나는 브래드의 개에게 가루 묻힌 츄파춥스 하나를 입
속에 넣어주었다
브래드는 화를 내려다 관뒀다

너는 여름이 좋다고 했다

세상은 참 복잡하지 않니? 안나는 작은 연못에 발을 담그며 말했다, 괜찮을까? 안나의 발은 연못의 물고기보다 작았다, 응 괜찮아, 안나는 얼굴이 더 말랐고 온몸에 멍이 늘었다, 너 대학 간다며? 안나가 나에게 물었다, 안나의 목소리는 찬란한 음악 같았다, 나는 바보같이 늘 몇 박자 늦게 대답했다, 뭐 되는대로, 안 가도 되고, 안나는 연못에 빠진 플라타너스 이파리를 잡았다, 이파리를 하나 떼어서 내게 줬다, 예쁘다, 나도 안나 옆에 앉았다, 우리는 나란히 앉아 담배를 피웠다, 하늘을 향해 연기를 뿜었다, 안나가 말했다, 저 구름은 참 맘에 안 들어, 내가 신나서 말했다, 그럼 내가 치울까, 뭐? 하하하하, 안나가 말했다, 저 별은 더 싫어, 그럼 내가 영원히 삭제할게, 안나는 잠시 조용했다, 세상은 참 복잡하지 않니? 나는 물고기가 안나의 발을 물까 봐 걱정이 되었다, 나는 고개를 숙이고 물속을 보았다, 안나가 울면서 다시 말했다, 넌 뭐가 되고 싶니? 어른이 되면, 나는 고개를 들지 못했다, 나는 물속에 비친 플라타너스를 보았다, 너가 좋아하는 거, 그게 될 거야, 그 후 안나는 작은 고니가 있는 강에서 죽었다

신이시여, 신이 없는 신이시여, 같은 태도 같은 말투
연설과 위선의 빛이여, 역겨움, 강요
쉽게 흥분하는 인간 탐닉 부적응자여,
대장장이의 불을 빌려 잠시 당신의 이마에
내 이름을 새기리라
창작과 기계는 같은 것
찬란한 것
나는 오토바이 안장을 더 높이고 조이며

말했다
다른 곳으로 떠나려면

우리는 돈을 모아야 한다, 우리의 사업은 대성할 가능성이 있고 매일 꾸준히 여러 명의 여성분들이 들이닥친다, "제가 원하는 게 뭔지 몰랐어요, 하지만 저도 두렵습니다" 이딴 변명을 지껄이며, 돈을 내밀었다, 우리는 츄파춥스를 열 개씩 팔았다, 휴머니즘 선의의 힘으로 다양한 인종을 받아들이고, 신중하게, 악마에게도 재능이 있어, 천사를 대조하는 힘, 사랑을 통해 절대를 느껴본다. 대안이 없다, 실패에 대한 대안

3. 환상적인 삶

관찰과 몰입 궁금과 호기심
직관과 핵심
실행력
내 기억의 클라리넷 같은

안나의 목소리

규칙과 채찍

하나가 들어오면 하나가 나갔다

하나가 사 가면 하나가 늘었다

안나와 함께 일하던 누나들, 기쁨을 잃은 중년의 여자들, 술집 마담들, 생명공학도 여학생, 인생 포기한 초딩 아이들, 애인에게 선물 주고픈 아저씨들, 길거리 거지들, 마지막으로 문제 많은 그 판소리 무당 늙은이

"환상과 기쁨이 없는 세계를 향해
불안과 두려움을 없애고 싶다면
달콤하고 사랑지지배배 같은 쪽쪽이를 팝니다
표현하세요, 발휘하세요
대량 구입하셔도 감사합니다"

4. 사명감이라는 사업

그런데 점점 기분이 이상해졌다

여자애들이나 아줌마들은 사탕을 사지도 않으면서
우리에게 안부 문자를 하거나 장난을 걸어왔다
이상하게 기분이 포근했다
더 생각해보면 우리는 꽤 공정하게 하려고 했다
가격을 속이거나 개수를 속이지 않았으며
돈 많은 여자에게 친절을 베풀지도 않았다

그사이에 주말에 당무는 브래드와 학교에 다녀왔다
손가락이 네 개였던 학생주임은 우리를 볼 때마다 팼다
그리고 담배와 돈과 반지와 신발을 빼앗았다
어느 날 브래드에게 밤에 찾아오라고 했다
게이 학주 새끼는 브래드 몸을 빨았고
돈을 줬다 브래드는 죽고 싶다고 했고
어쨌든 우리는
복수를 꿈꾸고 있었다
브래드는 학주 손가락을 하나 더 잘랐다
죽어도 신고 못 할 것이다 병신 새끼

5. 안나의 트리

안나 말대로 진지함은 오만이며
고통은 충격이며
판소리 늙은이는 북청사자놀음 탈과 옷을 입고 등장했다
우리는 간만에 겁을 먹고
놀랐다
우리는 문신을 하고 있었다
브래드는 내 등을 파랑색 이파리 그림으로 덮었다

삶과 그 존재 형태, 그 야릇한 비밀을
판소리 무당 늙은이는 이상한 소리를 지껄였다
판소리 무당 늙은이는 한복을 입고 소리쳤다
정신없이 세상을 섞어버리고 싶어

야, 빨리 약 줘서 보내
당무가 소리쳤다

판소리 늙은이는 달 타령 판소리를 읊더니
춤을 췄다
기괴한 가면을 우리에게 하나씩 줬다
미친 시팔
우리는 돌을 던졌다
판소리 늙은이는 돈을 한 뭉치 던지고 가며
아들 아들, 야들 야들아 미안해~ 이런 더러운 말을 던지며
전자음악을 틀었다 크게
재수 없어서
배고파서

우리는 찜질방에서 남극 체험을 했다
해골처럼 말랐다
식혜와 계란을 정신없이 먹었고
짜장면도 먹고 라면도 먹고
제육볶음도 먹었다
머리 말리며 나오고

바람이 차가웠고

가면과 달

가면과 탈

당무와 브래드는 여관에 들어갔고

나는 거리를 걸었다

취했고 외로웠고 비틀거렸고 위태로웠다

차마 이 질긴 의지와 육질

커다란 개가 내 팔을 물어뜯었다

피부가 벗겨지고 피가 흐르고 뼈가 드러나

나뭇가지가 드러났다

파란 이파리가 돋아났다

나는 평화로운 수분에 잠기며

물속에서 안나의 하얀 발을 보았다

우리는 경찰에게 잡혔고

안나는 맑은 어항 속에서 책을 보고 있었다

컷 컷

꿈과 빛 꿈과 빛

안나는 나를 보며 웃었다

트리처럼

안나는 물속에서

6. 신비로운 안녕

인간은 긴장하고 참고 숨기고 싶을 때
영원히 기억하고 사랑할 때

해설

메타모포시스와 존재론적 위상 변환의 열망

조강석
(문학평론가)

1.

이지아 시인의 두번째 시집 제목이 눈에 띈다. 가벼운 흥분과 능청마저 엿보이는 이 제목이 소위 전통 서정시의 대척점들에 다각적으로 꼭짓점을 찍는 상상력과 잘 어울리기 때문이다. 그런 의미에서 보자면 장르적 관습에 구애받지 않는 무제약적 상상력이 '원 없이'(?) 발휘된, 일종의 기획 시집에 가까운 이 시집은 참으로 '쾌적해' 보인다. 물론 이 제목은 아이러니를 품고 있다. 차차 살펴보겠지만, 존재론적 차원에서의 메타모포시스 metamorphosis와 위상 변환의 꿈을 현실 지양의 은근한 소망 속에 담고 있는 개별 작품들은 '뽀송'하기는커녕

때로 언캐니uncanny하다고 말할 수 있을 정도로 과감하며 당혹스러운데, 시종일관 일말의 잔혹함도 느껴지지 않는 경쾌한 어조가 시집 전체를 감싸고 있으니 이 제목은 책의 예고편이라고 할 만하다.

시집 제목만이 아니다. 사실 이 시집에 실린 개별 작품들의 제목은 매번 시의 본문과 묘한 긴장 관계를 형성한다. 포괄하고 요약하는 대신 교섭하고 대치하는 표제와 본문의 관계는 마치 데리다가 본질과 비본질, 의미와 무의미의 경계를 허물며 새롭게 정립한 에르곤ergon과 파레르곤parergon의 관계와도 같아 보인다. 시적인 것의 실정성을 어떻게 규정할 수 있을까? 이 시집에 실린 시들은 해체라는 말조차 번거롭게 여겨질 정도로 능청스럽게 중심과 경계를 허문다. 어느 것이 시의 내부이고 어느 것이 시의 바깥인가?

조금 전에 예고편이라는 표현을 사용했는데, 이는 이 제목이 시집에 실린 개별 시편들의 문법을 미리 보여준다는 의미만을 지니는 것은 아니다. 예고된 서사가 있다는 말도 된다. 서사가 있다? 그렇다. 이 시집은 틀림없이 서사를 품고 있다. 달리 말하자면 이 시집의 시적 주체에겐 계획이 있다는 것이다.

2.

기어이 시 대신 앵두 같은 것을 만들기 위해서 나는 오랫동안 비열했고 피했고 응했다

기꺼이 신 대신 분비물 같은 것을 만들기 위해서 베란다에 만약이라는 화분을 키우며

줄기차게
세차게

소나기는 내 어깨를 자른다

—「앵두와 몽롱과 비탈」 전문

계획이 있다고 말한 것은 이 시집의 경우, 개별 작품에 대한 존중을 잠시 유보하고 읽을 이유가 있다는 뜻도 된다. 이는 다른 의미에서가 아니라, 극적 구성을 지닌 장시가 많고, 개별 작품에 등장하는 캐릭터와 이미지들이 다른 작품에도 반복적으로 일정한 개성을 지니고 등장하며, 작품 전체를 관통하는 배경과 기법이 사용되었기 때문이기도 하다. 마치 연극에서처럼 '불신의 자발적 중지'를 계속해서 요청해오고 있는 셈인데, 달리 말하자면 독자의 편에서 일종의 구성적 독법을 발휘하는 것이

필요한 시집이라고도 할 수 있겠다. 사정이 그러하다면, 시집 전체를 읽는 데 일종의 지침이나 관문이 될 법한 한두 작품을 우선 눈여겨볼 필요도 있겠다. 위에 인용된 작품을 보자. 시적 발화의 특징을 설명하기 위해 시적 화자나 시적 주체와 같은 용어들이 여전히 경합하고 있지만 이 시집에서만큼은 담론들 혹은 '서사-싹'들이 교차하는 지점에 발생하는 전언과 그것의 효과가 중요하다는 측면에서 인격적 발화자보다는 '장소로서의 주체' 개념이 더욱 적합해 보인다. 그런 점을 염두에 두고 인용된 시를 보자. 앞서 제목과 본문이 커버와 내용물의 관계가 아니라 상호 교섭하는 에르곤과 파레르곤의 양상을 띤다고 했는데 이 시 역시 그렇다. "앵두와 몽롱"은 시의 본문에서 직접적으로 의미를 추론해낼 수 있는 이미지이지만 "비탈"은 본문에 걸쳐 있다. "시 대신 앵두 같은 것"을 만든다는 말에서 두드러지는 것은 "앵두 같은 것"이 아니라 "시 대신"이다. 어쩌면 여기에 다음과 같은 대목들을 얼기설기 교차시켜놓을 수도 있을 것이다. (이하, 밑줄은 인용자)

(1)

여튼 그 본질의 2천 년들을 애석하게 생각하며, 잠시 서정의 방적 기계들이, 베이글에 식초를 찍어 먹으며 운명이란 걸 찍어대는 걸 관찰하는 아침이다.

[……]

1987년형 복사기 〈타기〉는 소모된 사람의 집 앞에 버려져 있다.

귀중한 주인공처럼
반복되는 삶은 다양한 규칙을 생산했고
예외적인 일은 가치 있는 층위와 영웅을 길러냈다.
타기는 세상을 다 아는 것 같은 사람들의 잠언을
계속 복사해주었다.
계속 뜨겁게
한 치의 오차도 없이.

—「아가·사탕·별 i」 부분

(2)

좋아하는 것을 외면하지 말게
나는 위험한 물건이네
나는 모순을 즐기는 자
나는 문장 쾌락주의자네

—「바니네 반바지와 연관된 극시」 부분

(3)

중요한 것은 형식논리의 규칙에 항거하는 것이 아니라

그것들을 넘어서는 궤도에 있는데, 모순을 반죽하는 가루들, 이런 것은 공장에서 찍어낸 사료 같은 것이며 매 순간 같은 양을 줄 수는 없는 일, 위험한 것일수록 선명한 색을 띠는데

—「지금도 알 수 없는 소설의 장면들」 부분

(4)

서정은 마음이 편한가
감정을 다 보여줘서
서정씨 무슨 견과류인가
감정은

손을 들어
지갑을 가져오면 풀어주겠다고 했다
센세이션 카네이션
머리를 밀고 연극부에 들어갔다
지구를 그렇게 시작했다

애국가 시험 보고 모국어 시험 봤다
나를 버린 엄마의 죄책감을 지워주려고
엄마 뇌에 칩을 박았다
그때부터 생물학자 되었다

—「s#. 약국과 외계인의 상업 활동」 부분

(4)에서 "지구를 그렇게 시작했다"라는 대목과 "그때부터 생물학자 되었다"라는 구절이 이 시집의 전체 서사의 일종의 복선이자 소위 '플래그'가 된다는 점을 기억하면서 밑줄 친 부분들을 눈여겨보자. 「앵두와 몽롱과 비탈에서」 "시 대신"이라고 했거니, 대체 대상이 되는 바로서의 "시"란 무엇일까? 바로 다음 행에서 "신"에 비견되기도 하는 "시"가 지시하는 대상을 상호 참조를 통해 구성해볼 수 있겠다. 정해진 틀에 의해 "세상을 다 아는 것 같은 사람들의 잠언"을 "서정의 방적 기계들"[(1)]처럼 양산하는 시 대신 비루하나 구체적인 "분비물" 같은 것을 만들기 위해서 이 주체는 "오랫동안 비열했고 피했고 응했다". 이것이 태도라면 방법을 적시하는 것은 "만약이라는 화분을 키우며"라는 구절이 될 것이다. 지금까지의 방식이 아니라 가정의 방식으로 이 주체는 동어반복적인 서정을 벗어나고자 한다. 이런 의지와 태도를 건사하는 이가 서 있는 곳이 단단한 평지일 리 만무하다. 제목에 있는 "비탈"은 이 화분에 소나기가 "줄기차게/세차게" 내리는 정황과 결부된다. 한편으로는 '환태換態'의 의지를 북돋는가 하면 다른 한편으로는 무른 비탈에 선 자의 불안을 배태하기도 한다. 시 대신, 구차하나 구체적인 물성을 지향하는, '대체된' 시의 발화 방식과 결부된 소나기 이미지를 부연하기 위해 우

리는 다음과 같은 시를 또 하나의 안내문으로 삼을 수도 있을 것이다.

지상에 나와, 그때 처음 본 것이 비였다. 빗물은 표현에 집착한다. 줄기차게, 촉촉하게, 소리를 동반하거나 무게를 채우거나 범람과 범위를 넘나든다. 비는 창가에 글씨를 쓰고, 비는 고체들을 건드리고 비는 순무를 자라게 한다. 비는 시의 주석과 참고 문헌과 시적 주체를 밝히지 아니하고.

비는 모든 난간의 각주들을 지우므로 비는 쓸모가 있다. 비는 축약되는 세계를 그대로 보여주며, 비는 맑은 날을 향해 인내하다 터진 세계이며, 비는 썩 나와 잘 통한다.

—「순무의 고백」 부분

소나기가 기존의 경계를 활달하게 넘나드는 발화와 관계가 있음을 이 시를 통해 확인할 수 있다. 아마도 이에 대한 부연은 불필요한 것일 터인데, 한 가지, 앞에서 언급한, 불안과 욕망이 동시에 마름하는 계획의 일단에 대해서는 다음과 같은 시를 통해 한 번 더 펼쳐낼 수 있다.

어쩌면 그 일은 돌연변이와 서바이벌의 논리가 필요하고 다른 수준의 의식이 필요한 작업일 수도 있다

아코디언 땅딸보
마늘이 노래를 부릅니다

한쪽 귀를 잘라 나무에 매달아두면서
그때는 현실이 되라고

새벽은 죽은 천사들의 옷으로
습지를 만들며

헐거워진 오후는 인간의 껍질로
팔을 뻗는다

—「매개자의 음악극」 전문

(3)에서 인용한 것처럼 "중요한 것은 형식논리의 규칙에 항거하는 것이 아니라 그것들을 넘어서는 궤도"이다. 그렇다면 이 계획은 단지 시의 소재와 주제를 혁신하는 차원에 국한되는 것이 아니고 또한, 발화 방식을 변경하는 것만으로 충족되는 것도 아니다. 이는 시라는 장르 자체를 전변시키는 것, 달리 말해 기존의 "시 대신" 그것을 넘어서는 새로운 궤도를 축조하는 것과 관계된다. 그것은 에르곤과 파레르곤의 지위를 뒤집고, 시적인 것과 시의 주변부 혹은 바깥에 속하는 것의 선후 관계를 새롭게 자리매김하는 것과 관계 깊다. 모든 궤도에는 양상과

자취가 있다. 이 시집에 실린 많은 시는 바로 이 궤도의 양상과 자취를, 때로는 세세히 구체적으로, 때로는 방정식과 같은 추상으로 그려낸다. 지금까지와는 다른 방식으로 살아남는 "돌연변이와 서바이벌의 논리가 필요하고 다른 수준의 의식이 필요한 작업"이 요구되는 까닭은 자명하다. 위에 인용된 시에서 이미지들은 전통적 의미의 알레고리를 구성하지도 않고 쉽게 상징으로 도약하지도 않는다. 음악과 극이 결합되면 추상이 현실이 되고 현실이 추상이 된다. 그리고 양자는 타자가 풍유의 도구로 전락하거나 상징으로 승화하지 않도록 경계하며 긴장을 유지한다. 이 시를 읽는 방법은 이미지들을 풀이하는 것이 아니라 저 이미지들이 구성하는 세계를 있는 그대로의 현실로 승인하며 분위기와 정동에 반응하는 것이다. 풀자면 풀리지만, 풀면 사라지는 새로운 현실을 짜는 언어를 꾀하는 이는 (2)의 "모순을 즐기는 자" "문장 쾌락주의자"로 달리 지시될 수도 있는데, 그런 맥락에서 보자면, 이 시집에 유독 극의 형식을 택한 작품이 많은 것은 극이 모순과 갈등의 양식이기 때문일 것이다.

3.

드라마

각각의 인물은 충돌하며 움직이고

—「사람과 염소」 부분

이 시집에 실린 여러 작품이 극시劇詩의 형식을 띠고 있는 것은 자연스러워 보인다. 서정과 인간적 이해관계 속에 사물들이 녹아드는 대신 물성이 고스란히 살아 있는 채로 사물들이 독립하고 갈등하고 교섭하는 양상을 부려놓기 위해 드라마의 형식이 필요했기 때문일 것이다. 위에 인용된 짧은 대목에 이미 제시되어 있듯이 극 속에서 캐릭터들은 1)충돌하고 2)움직이며 3)충돌하며 움직인다. 겉으로 드러난 대화적 형식이나 기승전결이 극의 전부가 아니다. 생명력이 부여된 캐릭터들이 모순과 갈등 속에서 길항하고 교섭하는 양상이 극의 핵심이다. 이 시집에 실린 시들이 시극詩劇이 아니라 극시의 형식을 취하고 있는 것도 바로 이런 맥락에서 이해 가능하다. 시로 극을 구성한 소산이 아니라, 극적 양식의 핵심적 자질을 취한 시들이기 때문이다. 가령,

24시현금지급기:
그 시절을 그리워하는 걸로 들리네

파파야열매와맨발:
그리움은 인간의 논리네

24시현금지급기:

지겹지 않나?

파파야열매와맨발:

이가 갈리네

24시현금지급기:

그렇다면 이 자연계의 논리들은 어디서 어떻게 맛난 쑥떡을 먹고 있는 건가?

파파야열매와맨발:

자연에서 논리 따윈 없는 것 같네

24시현금지급기:

그럼 무엇이 있나?

*

파파야열매와맨발:

기다림이네

—「바니네 반바지와 연관된 극시」 부분

에서와 같이 직접적으로 극적 대화의 형식을 취하는 경우도 있지만,

> 마케팅 엠디는 생활의 가능성을 선전한다. 녹슨 자전거의 질주와 눈이 쌓인 길을 걸을 때 عشق 러브,라는 글자가 찍힌 신발을 제조하고 커다란 물건을 압출하여 작은 캡슐에 담아주는 장치와 사진을 보다가 사진 속 인물이 노래를 불러주고 당근의 뿌리가 슬픔을 잊게 해주는 주스를 찾아내고 세포들이 재조합하여 애완동물의 생명을 연장하며 담배를 피우면 연기에서 다양한 캐릭터가 탄생하는 세계를 이룬다 알약을 먹고 하루를 자면 천사가 되는 마술을 현실로 바꾸는 능력, 영원히 사라지지 않는 이 사거리를 만들어 달리는 자동차 속으로 천천히 투신하여 축구공의 탄력적인 삶을 이어간다.
>
> —「귤보다 많이 태어나는 미니 인간」 전문

에서와 같이 다양한 유정물과 무정물이 질료적 물성과 (비)현실적 가능성이 만개한 새로운 관계 양상을 꿈꾸는 것, "다양한 캐릭터가 탄생"하고 현재 마술로 여겨지는 것을 "현실로 바꾸는 능력"을 상상하는 것 역시도 이 시집에서 시적 상상력이 서사적 형태로 표출되는 한 방식임을 확인할 수 있다. 따라서 그것이 어떻게 가능하느냐를 묻기보다는 왜 이런 상상이 발휘되는지, 그것의 효

과는 무엇인지를 묻는 게 중요해 보인다. 그러기 위해서 우선은 이 변환의 논리를 확인할 필요가 있겠다. 앞서 설명한 것처럼, 이 시집에서 동일성에 기반한 혹은 '동어반복적인' 서정적 표현이 전면화된 시를 찾기는 어렵다. 오히려 이 시집에서 거듭 확인할 수 있는 것들은 개별 작품들의 차원에서나 작품들의 상호 참조적 양상에서 공히 드러나는 어떤 서사성인데 이 서사성에는 특이점이 있다.

> 소금쟁이는 숲이 궁금해서 돌아다니다 사슴이 되고 늑대가 되었고
> 빛도 되었다가 텐트가 되었다가
> 번잡한 현장에서 혼란을 느끼기도 하였다
>
> —「순수 직관의 단계」 부분

익숙한 독법에 의해 우리는 이 시를 소금쟁이가 숲을 돌아다니며 '사슴처럼' '늑대처럼' '빛처럼' '텐트처럼' 느끼는 감각과 그로부터 비롯된 사유를 표현한 것이며 이렇게 다각도로 포착된 세계의 중층적 양상을 기술한 것으로 받아들일 수도 있을 것이다. 이런 독법에서 사슴, 늑대, 빛, 텐트는 속성을 중심으로 원관념의 의미를 전달하고 펼쳐내는 비유적 이미지로 간주된다. 그런데, 조금만 주의 깊게 이 시집을 읽어가면 대번 이 시집에서

시적 대상을 다루는 방식은 이와 같지 않다는 것을 확인하게 된다. 이 시집에서 사물들은 비유의 수단이 아니라 독립적인 캐릭터로 남아 시 속에서 자신의 지분을 완강히 사수한다. 예컨대, 다음과 같은 시는 단적인 예가 된다.

> K는 술병에 붙어 있는 너구리 스티커를 보고 너구리의 숲과 입과 눈에 반해서 너구리가 사는 나라에 여행 갔다. 그 나라엔 너구리를 키우는 것이 불법이어서 K의 나라에 데리고 왔다. K는 너구리와 소설을 썼다. K가 소설을 쓰면 너구리가 물고 나가 땅에 묻었다. 소설을 다시 구상하며 물을 나눠 마셨다. K가 잠이 들면 너구리가 이불을 덮어줬다. K가 꿈을 꾸면 너구리는 불을 꺼주었다. K가 죽으면 너구리가 돌아다닌다. 너구리는 너구리를 부르고 나라가 통합된다.
>
> —「그토록: 리터러시」 전문

우화적 시 쓰기의 일환으로 볼 수도 있겠다. 현실에서 불가능한 사건이 이야기로 제시되어 있다면 우리는 이를 우화로 읽곤 한다. 만약 이 시에서 '너구리'가 지시하는 의미가 쉽게 포착될 수 있다면 이 시는 통상의 우화시로 읽힐 수 있을 것이다. 그러나 여기서 너구리는 좀처럼 쉽게 비유적 의미나 상징으로 '환골탈태'하지 않는다. 그렇다면 시에 제시된 상황을 백 퍼센트의 내적 실재로 간주하는 독법에 따라 사건을 정돈할 수 있을 뿐이다.

K는 너구리의 나라에 가서 너구리를 데리고 돌아온다. K와 너구리는 일상뿐만 아니라 소설을 쓰는 일에서도 일종의 협업을 해나간다. K가 죽자 너구리는 (다른) 너구리를 부르고 K의 나라와 너구리의 나라는 통합된다. 만약 이 시를 우화로 읽자면 아마도 K가 소설가라는 상황 설정에 비추어 '너구리'를 소설 쓰기를 가능하게 하는 매혹적 소재, 상상력 등으로 풀어볼 수는 있을 것이다. K의 죽음 이후에도 너구리는 여전히 돌아다닐 뿐만 아니라, K의 나라는 없고 너구리의 나라로의 통합이 이루어진다는 것도 작가의 사후에 작품의 세계만이 잔존한다는 것으로 풀 수도 있을 것이다. 그러나 도덕적 전언을 전달하는 전통적인 의미의 종교적 알레고리와 시적 우화parable가 다른 것은, 시에서는 현실 세계와 작품의 내적 실재 사이에 팽팽한 평행para 관계가 완강하게 지속된다는 것이다. 사건의 구체성이 비유적 전언으로 모두 환원되지 않는다. 시의 내적 실재는 언제나 패러프레이즈paraphrase의 잔여물을 남기기 마련이다. 더욱이 이 시집에서 시종일관 작품의 본문을 넘나드는 기능을 수행하는 제목들까지 고려한다면 문제는 더 복잡해진다. 이 시의 제목이 "그토록: 리터러시"인 까닭은 무엇인가? 리터러시가 텍스트 이해를 중심으로 한 매개적

기능과 관계된다는 점에서 두 나라의 통합이라는 이미지를 풀어볼 여지가 없는 것은 아니다. 그러나 이 역시 단정할 수는 없는 일이다. 이 시집에서 종종 개별 작품의 제목들은 본문 속으로 독자를 이끌기보다는 액자의 바깥에서 사건들에 몰입되지 않도록 붙들어두는 아이러니적 기능을 수행하기 때문이다. 진지함과 우스꽝스러움을 번갈아 안겨주는 태도의 아이러니라고 할 수 있을까? 너구리는 가끔 진짜 너구리일 뿐이다.

4.

이렇듯, 이 시집에 실린 시들에 배태된 서사성을 어떻게 설명해야 하는지는 간단한 문제가 아니다. 무정물의 목소리를 '엿듣는 데' 유용한 시적 상상력과 다양한 캐릭터들의 관계 양상이 중심이 되는 서사의 결합 양상을 매 경우 세세히 들여다봐야 하기 때문이다. 그러나 틀림없이 이 시집에서 빈번하게 나타나는 두 종류의 상상력에 대해 말할 수는 있을 것이다. 이를 확인하기 위해 앞서 꽂았던 플래그인 "그때부터 생물학자 되었다" "지구를 그렇게 시작했다"라는 두 포스트를 상기해보자. 각기 메타모포시스적 상상력과 SF적 상상력의 표지가 되기 때문이다.

(1)

휴게실에서 사람들은 간식을 먹거나 혼자 놀았다. 의학의 기술로 신체 일부가 늘어났다. 나는 거미불가사리와 해초의 세포 연합을 기다리고 있다.

나나와 나는 어항을 사이에 두고
배구를 한다.

"배구공이 어항에 빠지면 어떻게 하지요?"
"우리가 물고기가 되어 공을 구해 오면 되지요"

—「원형 B」 부분

(2)
간만에 어느 오후는
애플망고와 원숭이와 숲속에 있었다.

우리는 과일이거나 동물이거나 환상이거나 기계로 공존했다.

—「원형 D」 부분

우선, 메타모포시스적 상상력이 시집의 여러 곳에서 빈번하게 발휘되고 있음을 확인할 수 있겠다. 이 시집에는 이런 방식으로 사물 혹은 캐릭터 들이 상호 침투하고 변형되는 양상과 관련된 서사가 적지 않다. 예컨대, "나비는 인간이 되고 아기는 기계를 사랑해요. 구리는 국수가 되고 신발은 우주선이 됩니다"(「미래 사업 보고서」)와 같은 대목이 대표적인데 이런 방식의 메타모포시스를 이해하자면 다음과 같은 구절들을 참조하는 게 좋겠다.

(1)

우주는 이미지 같으오, 아니 이미지 벌레 같으오
작고 꾸물거리며 탄생하오

—「반생물을 향항 빵과 칩과 계」 부분

(2)

그의 대답을 들었지만, 잠시 아무것도 할 수 없었다. 그가 옮겨지고 나는 멍하니 있었지. 사실 난 산소 같은 것도 필요 없고, 내 몸의 부품이 망가지면 바로 교체할 수 있는 체계를 지니고 있다. 하지만 약속을 지킨다는 건, 그들이 태어나 젖을 먹고 잠을 자는 일처럼 당연한 일이므로, 나는 그와의 약속을 지켜내고 싶었다.

—「소프트 인간의 형이상학적 사고, 혹은 수줍은 씩」 부분

메타모포시스적 상상력은 포스트-휴먼적 상상력으

로, 그리고 더 나아가 SF적 상상력으로까지 확장된다. 바로 그런 맥락에서도 이 시집에 실린 글자 그대로의 '이야기 시'들은 우화적 시가 아니라 상상을 현실로 만드는 시적 이미지의 힘에 기반한 SF시라고 하는 게 나을 법도 하다. "지구에서 더 이상 배울 게 없습니다"(「s#. 약국과 외계인의 상업 활동」)라고 하는 회의론과 우주(=상상적 세계)가 곧 이미지라는 SF적 주관적 관념론 안에서 시의 영역은 제법 광대하게 확장된다.

> "이곳은 무행성8과 노행성23 사이에 존재합니다
> 이곳의 모든 생명체는 우리가 지구에서 경험했던
> 사건들로
> 그래서 이곳은 사실로 가득한 곳
> 하지만 제가 행하는 모든 연구와 결과를 의심하는
> 분들이 많다고 하기에 이 자리에 서게 되었습니다"
>
> [……]
>
> **만리장성:**
> 백댄서는 왜 해고하셨습니까? [……] 그 과일을 키우는 일이 그렇게 중요했습니까? 사람들은 이제 몇 명 남아 있지 않습니다, 가족 같은 건 사진에나 남아 있는 이야기이고, 인간은 시체에서 에너지를 얻어 자신을 복제할 수 있

습니다, 그런데 관찰자 키는 왜 자신을 복제하지 않으셨습니까? 그럼 문제가 더 쉬웠을 텐데요

[……]

네모난 투명 과일 하나를 보여주며,

"여러분이 궁금해하는 것은 이것입니다, 이것은 우리를 상냥하게 만듭니다, 인간의 수보다 이 과일의 양이 많아지면 우리는 션행성1호를 차지할 수 있습니다, 그리고 인간은 더 이상 울지 않을 수 있습니다, 제 연구 목표는 이것입니다"

또 다른 기자가 물었다

폴라로이드:

결국 사람들은 이미지로만 남았습니다, 사람들은 기억을 외우려고 합니다, 궁금한 것이 있는데 왜 이 일을 시작하게 되었나요?

—「키의 발표와 기자 간담회」 부분

이 시집에는 가까운 미래를 배경으로 하거나 인공지능을 탑재한 유정물(예컨대, 인공지능 새, 「서사시와 이

순신」), 무정물(예컨대, 24시현금지급기, 「바니네 반바지와 연관된 극시」)이 등장하거나 명료하게 지시되지 않은 우주의 어느 곳을 배경으로 하는 서사를 전개하는 작품이 상당수 실려 있다. SF소설이나 드라마에서 볼 법한 풍경들이 시라는 장르와 접속되지 말라는 법은 없으나 드문 시도인 것만은 틀림없다. 메타모포시스적 상상력과 SF적 상상력 역시 어느 것이 시의 내부이며 어느 것이 바깥인가를 묻고자 하는 계획과 관련된 것이라고 할 수 있겠다. '왜'를 물어야 할까? 굳이 묻자면 다음과 같은 대목들을 눈여겨보자.

5.

(1)

인간의 세계는 복잡하고 미묘했다.
스스로 몸을 움직이고
스스로 변화를 꿈꾸고
실행하고
스스로 능동적인 삶을 이끌 수 있었지만
아무것도 하지 않는 시간이 더 많았다.

—「서사시와 이순신」 부분

(2)

혹은 신경 차단, 끝내 인간이 되기 싫은 것.

—「그 털실을 치워주오」 부분

(3)

삶과 그 존재 형태, 그 야릇한 비밀을

[……]

정신없이 세상을 섞어버리고 싶어

—「회전하는 편지」 부분

(4)

우리는 어떤 사명감도 없이

지구를 벗어나고 있다

지구에서 더 이상 배울 게 없습니다

—「s#. 약국과 외계인의 상업 활동」 부분

인용된 대목들을 참조하며, 앞서 인용한 「키의 발표와 기자 간담회」에서 "폴라로이드" 기자가 던졌던 질문을 떠올려보자. 시에서 '이곳'은 우리가 "경험했던/사건들로", 그래서 "사실로 가득한 곳"으로 지시된다. 여기에 인용한 구절들을 포개어보면, 메타모포시스와 SF적 상상력의 동인이 그리고 그 기저에 놓인 은근한 소망의 일단이 어림잡힌다. 고정불변의 사실과 경험으로부터의 탈피 혹은 다시금 본질적인 것과 부차적인 것의 위계를 흔들거나 섞어놓고자 하는 의지, 곧 "정신없이 세상을 섞어버리고 싶"은 의지가 선명하다. 그런데, "폴라로이드" 기자의 질문에 대한 답변이 있었다는 것을 기억하자. 그 답신은 이런 것이었다.

> "좋은 질문입니다, 제가 태어났을 때, 형이 제 목을 졸랐습니다, 어린 저는 아무것도 할 수 없었습니다, 오로지 호기심과 직관만으로 일어난 사건이었습니다, 형은 세 살이었으니까요, 뜨거운 다리미로 형 얼굴을 눌렀습니다, 형은 고통으로 소리를 지르며 괴로워했습니다, 형은 눈 코 입이 없습니다, 그리고 자신의 죄를 생각하며 매일 울었습니다, 그때부터 눈물이 없는 행성을 찾아다녔습니다, 저는 형이 안타까웠습니다"
>
> —「키의 발표와 기자 간담회」 부분

이 시집의 발화 주체는 모든 비밀을 묻어둘까를 고민하다 한 번 더 '뻔송해'지기를 택했다. 위의 답신이 한 작품에 등장하는 인물의 국지적 사실관계를 증언할 뿐이라고 읽을 수도 있겠지만 그것을 텍스트들이 교차하는 지점에서 이 시집의 주요 시적 주체가 발생하는 장소로 읽을 여지도 상당하다. 그렇게 보자면, 메타모포시스와 SF적 상상력은 양식사적 우울을 타기하려는 수사학적 차원에서 발신되는 것이 아니다. "지구에서 더 이상 배울 게 없"다는 것, 그렇기 때문에 "정신없이 세상을 섞어버리고 싶"다는 의지는 존재론적 변환까지를 꿈꾸는 강렬한 열망의 일환이다. 이토록 강렬한 열망의 쌍생아는 불안임을 우리는 알고 있다. 이 시집에 실린 마지막 작품인 「회전하는 편지」의 다음과 같은 대목에 담긴 독신瀆神적 저주가 실은 존재론적 갱신을 열망하는 이의 불안과 희망을 동시에 담고 있음은 물론이다. 역시 그에게는 계획이 있어 보인다.

> 신이시여, 신이 없는 신이시여, 같은 태도 같은 말투
> 연설과 위선의 빛이여, 역겨움, 강요
> 쉽게 흥분하는 인간 탐닉 부적응자여,
> 대장장이의 불을 빌려 잠시 당신의 이마에
> 내 이름을 새기리라
> 창작과 기계는 같은 것
> 찬란한 것

▨